富士川六景

高部 務

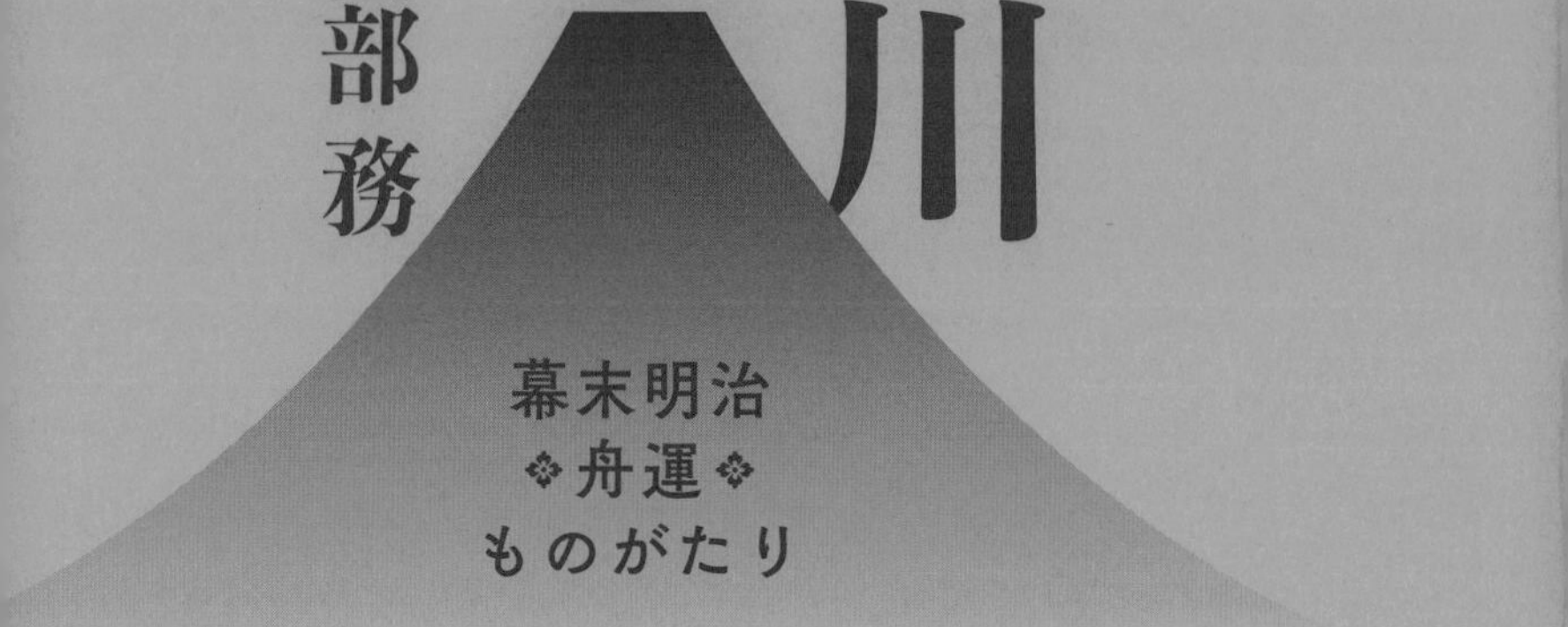

幕末明治 ❖舟運❖ ものがたり

光文社

富士川《ふじかわ》六景《ろっけい》　幕末明治舟運ものがたり

目次

装幀　アルビレオ
装画　草野　碧

一　魚尻線《うおじりせん》と狼

一

西陽が晩秋の八ヶ岳《やつがたけ》の稜線を紅色に染めている。

上がり荷の百貫ある塩叺《しおかます》（藁《わら》で編んだ袋）を積んだ高瀬舟が、四人の船頭の手によってゆっくりと近づいてくる。船頭の親方は舵棒を握り、他の三人が体に綱を巻きつけ踏ん張りながらの行進で、その歩みはまるで蟻《あり》ん子の行列のようだ。舟は鰍沢河岸に到着した。

親方は積み荷の報告で塩会所に向かった。

「六蔵《ろくぞう》って乗り子が居るのは、あんたの舟かな」

「ええ、居ますが。六蔵が何か……」

六蔵の乗る舟を待ち受けていたのは、甲府《こうふ》代官所郡中詰所《ぐんちゅうつめしょ》から派遣されている勘定《かんじょう》役人の徒士《かち》だ。

「右左口村《うばぐちむら》の者が来て、到着したら直ぐ家に帰るようにって沙汰を受けたもんだから」

「村の者から、六蔵に沙汰が……」

「そうだ」

「とにかく、その乗り子を村に早く帰してやれ」

「へい」

親方は積み荷の荷解《ほど》きをしている六蔵を呼んだ。

「仕事はそのままでいい。急いで村に帰れ」

「俺が……、村にですか」

「村から、直ぐに帰れって沙汰が届いてるんだと」

六蔵は河岸から五町（一町＝約百十メートル）ほど離れた長屋に住んでいる。富士川《ふじかわ》に注ぐ南川《みながわ》に流れる大法師山《おおぼしやま》の麓の入町《いりちょう》だ。六蔵は船に積まれた自分の布団を抱えると、親方に言われるまま訳も分からず自宅に走った。

六蔵の姿が見えなくなると徒士が親方の隣に立った。

「とんでもねえことが起きたようで」

「とんでもねえとは……」

「あの乗り子の親父さんが、狼に嚙《か》み殺されたっちゅうんだ」

「狼に……」

「喉仏を嚙み切られてよ」

親方は、十五歳になった六蔵を乗り子として右左口村に誘いに行ったとき、六蔵の父親に会っている。

「あの権蔵《ごんぞう》さんが、狼に……」

「本人には衝撃が強すぎるから、村に帰るまではそのことは話さないでほしいって言われて」

「で、それはいつのことで」

「沙汰を持ってきたのは、五日前だ」

富士川舟運《しゅううん》は下り荷を積んで鰍沢を発つと、岩淵《いわぶち》の河岸で積み荷を下ろし、上がり荷を積んで鰍沢に戻る。この往復は雨が降って水嵩《みずかさ》が増し川留《かわとめ》にならない限り通常七日から八日を要する。

「と言うことは、葬式は終わっていると……」

「多分な……」

そこまで話すと、六蔵が唐草模様の風呂敷包みを背中に括《くく》って戻ってきた。額に大粒の汗を浮かべている。

「直ぐに帰りますけど、役人さん、村で何があったんですか」

「詳しいことは分からねえ。とにかく早く帰れ」

「分かりました、とにかく帰らせてもらいます」

六蔵が親方の前で頭を深く下げた。

「六蔵、何かあって戻りが遅れるときにゃ、次の出立《しゅったつ》の乗り子は何とか手配する。そのことは心配しねえでいい、とにかく帰れ」

「へい、そういうことにさせてもらいやす」

六蔵の生まれた右左口村は駿河国《するがのくに》・吉原《よしわら》から富士山《ふじさん》の西麓を通って甲府に続く中道往還《なかみちおうかん》の右左口峠の麓になる。

六蔵は親方の「帰りは気にするな」の言葉が妙に引っ掛かった。

鰍沢から五里（一里=約四キロメートル）の道のりを息を切らせて走り続けた。六蔵の母親お品《しな》は一膳飯屋「峠の茶屋」を、六蔵の姉奈津《なつ》と切り盛りしている。

家の前には店に立つ幟《のぼり》が風に揺れている。いつもの風景だ。

店の格子戸を開けた。三人の客が編み笠《がさ》を床几《しょうぎ》に置いている。

生成《きな》りの前掛け姿の奈津が、粟《あわ》と稗《ひえ》とで炊いた握り飯を笹の葉に載せて客に出すところだった。

「姉ちゃん、親方に直ぐに帰れって言われたんだけど、何かあったのかい」

六蔵を見た奈津が振り返った。

「お母ちゃん、六蔵が帰ったよ」

割烹着《かっぽうぎ》姿で板場に立つお品が、飛び出してきた。

「お前、帰ったのか。帰ってくれたんだね」

六蔵の両手を摑《つか》んだお品の目に涙が溢《あふ》れている。

「どうしたんだよ。親方が直ぐに帰れって言うもんだから……」

六蔵は母親の涙目を見た。頬がやつれ眼窩《がんか》が窪《くぼ》んでいる。

客が怪訝《けげん》な顔で三人を見ている。

「奈津、六蔵を家の方に……」

奈津は六蔵の手を引っ張ると店の裏手の住まいに走った。

「どうしたっちゅうんだよ」

奥の間に置かれた仏壇に、菜種油の火が点《とも》っている。

「お父さんが……」

「親父がどうしたんだ」

「夜道の峠で、狼に襲われて……」

「狼に……」

「噛み殺されたんだよ」

「えっ、噛み殺された……」

六蔵の双眸《そうぼう》が菜種油の火を睨《にら》んだ。

「お父ちゃんは、前の畑の隅っこに眠っているから線香をあげて」

六蔵が表に出ると畑の隅に盛り土がされている。正面に菩提寺《ぼだいじ》の住職によって書かれた塔婆《とうば》が立っている。六蔵は両膝をついた。それから塔婆を摑んだ。

「親父、どうしてなんだよ」

文字を眺めながら慟哭《どうこく》する。

「六蔵……」

客が帰ったようだ。お品がうしろに立っていた。

「お母ちゃん、親父がこの中に……」

お品は何も答えない。それが答えと分かった。

六蔵は父親の権蔵から子どものころに幾度となく聞いていた。

夜行性の狼は、魚の臭《にお》いを察知すると集まって来る。狼は火の明かりを怖がる。狼に群れで囲まれたら鮪《まぐろ》を背負う馬の背中に火の点《つ》いた松明《たいまつ》を結びつける。

「狼は家族単位で動いているんだ。先頭に雄が立ち子どもを挟んで後ろに雌がつく。子どもを守りながらの移動は人間も狼も同じよ。子どもに攻撃さえ仕掛けなきゃ襲い掛かってくることはねえ」

狼との共存を心得ている権蔵がどうして攻撃を受けたのか。

そんなことはどうでもいい。父親は狼に嚙み殺された。

「殺《や》られたのは親父だけか」

「そう、お父ちゃんだけが……」

お品が振り絞るように言った。

「おかしいじゃねえか。周りに馬方《うまかた》仲間がいたはずだ。狼が親父を襲ったんなら、仲間が助けねえ手はねえはず」

馬方仲間は互いの助け合いで成り立っている。

「六蔵、そんなことは村の衆の前では間違っても言っちゃ駄目だからね」

負けず嫌いな弟の性格を知る奈津が窘《たしな》めた。


この年の一月（慶応四年・一八六八年）。鳥羽《とば》、伏見《ふしみ》で旧幕府軍が薩長兵に敗れ戊辰《ぼしん》戦争がはじまった。

海のない甲斐国《かいのくに》では海産物は貴重だ。鯵《あじ》や鯖《さば》、烏賊《いか》の干物は庶民の手に入るが、活きのいい鮪となればそうはいかない。

「鮪の赤味は舌触りがいいから、酒の肴《さかな》にはもってこいずら」

そう言って大店《おおだな》の旦那衆の集まりに用意されるのが鮪の膳だ。

代官所の酒宴にも鮪は欠かせない一品だ。

甲府で喜ばれる鮪は駿河湾沿岸の沼津《ぬまづ》沖で獲《と》れたものだ。

海で揚がった魚を鮮魚として食べるには、水揚げ後一昼夜以内とされている。必然的に一昼夜で運べる距離が生魚の限界線になる。

この限界線を〝魚尻線〟と呼ぶ。

回遊魚である鮪の漁は海面に背鰭《せびれ》を見せて泳ぎ回るのを待って漁師が船を出す。いつ姿を見せるのか。知るのは神様のみだ。

沼津の漁師は魚群を見ると船団で鮪を湾に囲い込む。

捕獲した鮪は吉原まで二里の道のりを馬の背に乗せて運ぶ。

吉原の荷受問屋には甲府からの馬方衆が待機している。

継荷《つぎに》を受けた馬方衆は、十八里先となる甲府までの峠道を夜を通して運ぶ。甲府の魚市場に到着するのは遅くても四つ半（午前十一時）だ。

ということで沼津の漁師にとって鮪の魚尻線は甲府となる。

何時現れるか分からない鮪を、痺《しび》れを切らさず待ち伏せするのは、甲府に運べば高値で売れるからだ。

権蔵は吉原と甲府とを往来する鮪運びの馬方だ。


六蔵は生まれながらにして体格に恵まれていた。十歳を迎えたときには背丈が五尺四寸（一尺＝約三十センチメートル、一寸＝約三センチメートル）、目方が十貫（一貫＝三・七五キログラム）あった。五穀豊穣《ほうじょう》を祝う新嘗祭《にいなめさい》では神社の境内で相撲大会が開かれる。同年代が出場する試合では負け知らずだ。年上相手でも豪快な投げで土俵に叩きつけた。

その怪童ぶりに、村の長老たちは船乗りが天職と噂した。

六蔵が十五歳の年を迎える半年ほど前だ。

鰍沢で三艘《そう》の舟を持つ船主が訪ねてきた。

「子ども相撲で、横綱を張っていると聞いたもんだから」

手にぶら下げた土産は、駿河湾で上がった煮貝と酒樽《さかだる》だ。

それだけではない。過分な支度金も用意していた。

父親と同じ背丈があり、厚い胸板を見た船主は頬を緩ませた。

「噂通りの息子さんで」

磨けば磨くほどに艶《つや》が出る水晶の原石を見つけたような目をした。

「十年も我慢すりゃあ、一人前の船頭にしてみせるぜ」

親方は権蔵の前で六蔵を褒《ほ》め上げた。

権蔵は親方の説明を黙って聞いている。

親方が話し終えたところで口を開いた。

「親方は、裸一貫の乗り子から三艘の舟持ちになったんで」

自慢の種に触れたようだ。親方はそれまで以上に饒舌《じょうぜつ》になった。

「むろん、裸一貫よ」

権蔵の双眸《そうぼう》が光った。

「倅《せがれ》が精進すれば、親方と同じように何艘かの舟が持てると」

富士川舟運は岩淵から鰍沢まで標高差が百三十尋（一尋＝約一・八メートル）、十八里の道のりだ。下りは容易だが上り荷は過酷だ。日本三大急流と言われているこの川を、三百貫の荷を四人の船頭の力で引き揚げる。

天候にもよるが五日から六日は要する。

少しでも力を緩めようものなら舟は容赦なく下流に流される。

そこで船主に喜ばれるのは、若くて腕力のある船乗りだ。

「裸一貫で勝負する船頭は自分の体でのし上がる以外に道はねえ。噂を聞いて来てみたが、思った以上の息子さんだ」

親方はそう言って六蔵の全身に視線を這《は》わせる。

「この兄ちゃんなら、頑張り方次第で二艘も三艘もの舟持ちになれる。保証するぜ」

体を使って稼ぎ出すことが男の胆力と言いたいようだ。

「将軍様は江戸の衆の胃袋を考えて舟運を開通させた。信州《しんしゅう》や甲州《こうしゅう》の米俵を命がけで運ぶ俺たちゃ、栄える都の縁の下の力持ちだ。俺たちが居なきゃ江戸の町は成り立たねえ。だから俺は自分の仕事に誇りを持てるんだ」

この言葉が権蔵の心を鷲《わし》摑みにした。

権蔵の祖父は長男の権蔵に馬方を継がせる際にこう言っていた。

「甲府が栄えりゃ周辺の村々だって悪いことはねえ。代官様が喜んで鮪を喰ってくれるんなら嬉《うれ》しいことじゃねえか。俺たちが代官様の台所を賄っているってことよ」

権蔵に手綱を引き継がせる際の言葉だ。

「親方はこう言っている。お前はどうだ」

権蔵は横に座る六蔵に目を向けた。

普段から無口の六蔵は膝を揃《そろ》えて正座している。

天井から吊《つ》り下がる囲炉裏の自在鉤《かぎ》を睨みながら答えた。

「俺、船乗りになる。色々な人間が集まる鰍沢の町も、富士山の向こう側に広がる青い海も見てみてぇ」

権蔵も親方も大きく相好《そうごう》を崩した。六蔵は続けた。

「親方が言うように、俺が頑張って何艘かの舟を持てば船乗りの親分になれるってことで」

「その通りよ」

親方は膝頭を叩いて答えた。

「息子もこう言っておるんで、よろしくお頼《たの》もうしやす」

「今日はここに来た甲斐があったぜ。十五年我慢したら船頭だ。そのときにゃ両親にでっかい家を建ててやらなくちゃあ」

親方は赤く火照《ほて》らせた顔で六蔵の肩を叩いた。

「これからは物の往き来が盛んになる。舟運の舟の数も増えるにちがいねえ。おめえさんが何艘もの舟持ちとなりゃ、親父さんにとって願ってもないことずら」

土産物の煮貝を広げ、樽酒を酌み交わした。

翌朝、親方の後に続く六蔵の背中に権蔵が言葉をかけた。

「村を出たからにゃ、舟持ちの親方になるまで帰ってくるんじゃねえぞ」

「お父ちゃん、そんなことは分かってらぁ」

答えた六蔵は振り返ることをしなかった。

六蔵は、墓前で七年前の約束を思いだしている。

二

五歳年上の奈津は、お品の連れ子だ。

お品は中道往還の途中にある上井手《かみいで》の宿場で、仲居《なかい》として働いていた。上井手宿は鮪運びで吉原に向かう馬方衆の常宿になっている。権蔵とお品の出会いは仲居と馬方の関係からはじまった。

四歳にして流行りの病で母親を亡くした権蔵は祖母の手で育てられた。白髪で腰が曲がっていた祖母は権蔵に優しかった。

祖母は、おやつ時になると団子やお汁粉を作ってくれた。

山に薪《まき》拾いに入っても、兄弟のいる仲間は丸太を鋸《のこぎり》で伐《き》り倒し大きな束にするが、兄弟のいない権蔵にはそれができない。

母親に手を取られて畦道《あぜみち》を歩く仲間の姿を見ると、権蔵は悲しみが湧きあがり、家の中に駆け込んだ。押し入れを開け布団の中に顔を突っ込んで、泣いた。

祖母に知られないよう涙が乾くまで押し入れから出なかった。

母親が欲しかった。六蔵は父からよくそんな話を聞かされた。

厚い唇と長い黒髪。小柄で笑窪《えくぼ》のあるお品は権蔵より五歳年上だが、動きも機敏で年齢を感じさせない。権蔵にとってかすかに記憶にある母親に似ていたようだ。お品には四歳の娘がいた。奈津だ。

お品の実家は上井手から四里ほど東、郡内の上吉田村《かみよしだ》だ。

村には富士山の登山口がある。お品の父親は夏になると、登山客を相手とする強力《ごうりき》（登山客の荷物持ち）をしていた。

権蔵の父親は、年上で連れ子を持つ女との結婚には反対した。

古い村の仕来《しきた》りが権蔵の父親を頑固にした。

だが権蔵は誰の意見も聞かなかった。実家から三町ほど離れた場所に家を建て所帯を持った。翌年に六蔵が生まれた。

後継ぎを得たことで父親はお品の存在を認めたが、結婚に反対され続けたことがしこりとして残り、お品は心を開くことがなかった。

お品は働いた。畑を耕し野菜の種を蒔《ま》いた。六蔵を背負い山にも入った。甲府に鮪を届けて戻る権蔵に、仲間の分まで飯を作って待った。権蔵の親戚縁者に対する腹いせと寂しさからだ。

晩酌の濁酒《どぶろく》を権蔵に酌をしているときだ、お品がぽつりと呟《つぶや》いた。

「野良仕事も嫌じゃないけど、馬方衆や旅人相手に喰い物屋をやるってのは、どうずらか」

亭主が出かけると、冗談を言い合う話相手はいない。

権蔵は、お品のその心細さを知っていた。

「茶屋でもやってみるか」

お品の眸《ひとみ》が輝いた。

「えっ、ほんと」

「店でもやれば、お前だって話相手ができるし小遣い稼ぎにもなるずら」

権蔵は母屋の並びに店を建て増しする算段をした。

自宅の隣の畑を半分潰《つぶ》して店を出したのは所帯を持って三年後だ。

葭簀《よしず》張りで店頭に床几《しょうぎ》を置いた。床几に腰を下ろすと前方に八ヶ岳の稜線が広がっている。旅人の疲れを癒すには絶好の景観だ。

開店を迎えた朝、権蔵は独り暮らしをする父親を呼びに走った。

お品の手伝いをさせることで仲直りもできる。独り暮らしの寂しさを紛《まぎ》らわすこともできる。そう思ったからだ。

その目論見《もくろみ》が外れた。格子戸を開けると父親は布団の中で冷たくなっていた。権蔵はそのことをお品に隠して開店の準備を急がせた。

その日の夕刻、馬に飼葉《かいば》を与えている権蔵のところに胡麻塩頭の村長が顔を出した。苦虫を嚙み潰したような複雑な顔をしている。

「お前ら夫婦とは往き来がなかったと聞いていたが、親父さんが家でこと切れていたと……」

権蔵は罪悪感を胸の底に沈めて知らぬ顔をした。

「親父が死んだ?!　でも店がこんな具合でして……」

「嫁と舅《しゆうと》の相性が良くなかったってことも聞いてらぁ。こんな日に、死人が出たなんてことになりゃ縁起が悪すぎる。嫁にゃ内緒にしておけ。俺がしかるべき手続きをとって墓に入れておくから」

権蔵は村長の心遣いに言葉もなかった。

「死んじまったことはしょうがねえ。お品さんと力を合わせて店を繁盛させることだ。親父さんだってそっちの方が喜ぶはずよ」

「へい」

権蔵が父親の死をお品に伝えたのは半月ほど経《た》ってからだった。

七歳になる奈津に六蔵の子守を任せ、お品は独りで立ち働いた。

村長との約束もある。権蔵は店を大切にした。鮪を運び終えて家に戻っても、余っ程の用事でもない限り店に顔を出さなかった。

吉原の一膳飯屋や道中の水茶屋に立ち寄る機会のある権蔵は、おかみの旦那が店の中で我がもの顔の振舞いをすると、客が面白くないことが分かっているからだ。

権蔵の唯一の楽しみは、客のふりをして店を覗《のぞ》くことである。


「母ちゃん、俺はどうしたらいいのかな」

塔婆の前に立つお品も奈津も目を赤くして涙を溜《た》めている。

八ヶ岳の稜線に沈む夕陽が三人の横顔を照らしている。

「お前は、お父ちゃんとの約束を守らなくちゃ」

お品の口調ははっきりしていた。

奈津の唇が歪《ゆが》んだ。六蔵は奈津の表情を見逃さなかった。

「俺、船を下りるよ」

「それじゃ、お父ちゃんと交わした約束を破ることになるんだよ」

お品は長着の袖で涙を拭うと気丈に言った。

店先の幟が風に吹かれて揺れている。

「母ちゃんは、親父が作ってくれたこの店を畳んでもいいのか」

六蔵はお品が口を開く前に言った。

「親父は馬方だからいつも留守にしていたけど、親父がいたからこそ、この店がやっていけたんだ。喰い物商売は女手だけでやっていけるなんて思ったら大間違いだ」

お品の双眸が複雑な色をして見開かれた。

「お母ちゃん、六蔵の言う通りだよ。お父ちゃんが亡くなってしまった今、お母ちゃんの生き甲斐はこの店だけでしょ。六蔵が帰ってくれれば店の後ろ盾になって店も続けられる。素直になって六蔵の言うことを聞いた方が」

奈津の言葉は、迷いのあるお品の胸の内を代弁している。

お品は涙の溢れる目を正面に延びる山の稜線に向けた。

「親父だって俺が船頭を続けるより、家に戻って、この店を続ける方が喜んでくれるはずよ」

お品の表情が複雑に揺れた。

「あと何年かで、お前も舟持ちの親方になれると言っていたんじゃないのかい」

「お母ちゃん、何で正直にならないの」

奈津がお品の肩を揺《ゆす》った。

「親父の馬はどうしたんだ」

六蔵が奈津に訊いた。

「馬はお父ちゃんの仲間のところに預けてあるから、六蔵が手綱を持つって言えばいつでも連れてきてくれるよ」

「分かった。俺が馬方になって親父の仇《かたき》を討ってやらぁ」

奈津が頼もしそうに六蔵の顔を見つめた。

「あれ、閉まってるのか。閉めるにゃまだ早えんじゃねえのかい」

店の入り口に、網笠を持った二人連れが立っていた。

「母ちゃん、お客さんだよ、早く行かなくちゃ」

六蔵に背中を押されてお品と奈津が店に走った。


「親方、そう言うことになりましたんで」

六蔵は親方に舟を下りることを伝えた。

親方は六蔵の言葉を予測していたようだった。

「申し訳ねえです」

「そんなことはねえ。親父さんはお前が親方として舟の舳先《へさき》に立つ姿を見てみたかっただろうが、狼のおかげで寿命を終えてしまった。その無念を晴らすためにも後を継ぐってのは親孝行なことよ」

六蔵の視線が中空を見据えていた。

「仇を討つつもりなんだろ」

「へい」

親方は黙って六蔵に香銭《こうせん》を握らせてくれた。

「親方、どうも……」

膝に両手をついて頭を下げた六蔵は、玄関脇に立てかけてある押上棒を指差した。

「これを一本もらいてえんですが」

押上棒は竹でできている。舳先に立つ親方が岩との衝突に直面したとき、岩に突き立てて衝突を避けるための命綱で、船頭にとっては掛け替えのない大事なものだ。

「いいけど、何に使うんだ」

「節を刳《く》り貫《ぬ》いて、長差しを仕込んでおこうと思いまして」

「長差しを……」

「鮪の運び屋は夜通し峠道を歩くんでさ。親父はその道で狼に出会《でくわ》して……。俺も同じ道を歩くんで、狼が出たときに親父の仇を討ってやろうと思いまして」

る。


「その長差しは、あるのか……」

体を酷使する船頭は、仕事が終わると酒と博打《ばくち》に興じる。体に刻まれた皺《しわ》を伸ばし、次の仕事への意欲を掻《か》き立てるには欠かせない道楽だ。船頭たちが投宿する船宿周辺には、地回りの親分衆が胴元となる博打場が数多く開帳されてい
六蔵も一丁前の船頭として飲む、打つ、買うの男の三拍子は嗜《たしな》みとして仲間には後れを取らない程度に体に刻み込んでいる。

「博打場の代貸《だいが》しに、相談してみようと思いやして」

親方は黙って押上棒を六蔵に渡してくれた。

「俺の都合で、こんなことになってしまいやして……」

「それはいい。無茶だけはするんじゃねえど」

六蔵は駿州《すんしゅう》往還に面した塩蔵の裏手にある博打場に足を運んだ。

昼八つ（午後二時）。この時間の博打場は人気《ひとけ》もなくひっそりしていた。

玄関から黒板塀で囲まれた裏手に回ると、雪駄《せった》を履《は》き着流しに羽織を着た本多髷《ほんだまげ》の代貸しが、五葉松が水面《みなも》に映る庭師の手の入った池で、緋鯉《ひごい》に餌をやっていた。六蔵は船頭稼業から右左口村に戻り馬方になることを話した。もちろん、その理由も。

「で、長差しを何に使うんだ」

六蔵は親方に話した通りのことを代貸しにも話した。

代貸しはそれ以上、訊くことはなかった。

雪駄を脱ぎ奥の間に入った。押し入れから二尺の長差しを持ち出した。それを六蔵の前に置いた。

「正義感の強えお前のことだ。間違いはねえだろうが、面倒なことには使うんじゃねえぞッ」

「へい。で、お代は」

六蔵は直立不動になっていた。

「親の仇を討つって男からそんなものを貰《もら》えるか。親孝行は生きているときにするものと言うが、死んでからでも弔《とむら》い合戦はできる。やるからにはしくじるんじゃねえぞ」

六蔵は、親方に貰った竹棹《たけざお》に長差しを仕込んだ。

三

中道往還は、海のない甲州人にとって命綱とも言うべき塩が運ばれる峠道だ。別名〝塩道〟とも呼ばれている。

甲府までの道のりは吉原から厚原《あつはら》、上井手、人穴《ひとあな》と通り朝霧《あさぎり》高原を抜けると精進湖《しょうじこ》の西岸に出る。その先の女坂《おんなざか》（阿難坂《あなん》）を越えると古関宿《ふるせき》で、その先に最後の難所が待ち構えている。

右左口峠だ。峠を越えると麓の集落が右左口宿となる。

塩を運ぶ馬方や東海道筋から集まるお茶、瀬戸物、果物などを持ち込む商人で、宿場としては小さいが賑わいがある。


六蔵が船を下りると、権蔵の馬方仲間は気持ちよく迎えてくれた。それから半年が過ぎていた。

精進湖畔から甲府に抜ける右左口峠の坂道を、三匹の馬が蹄《ひづめ》の音を響かせながら下ってきた。六蔵の馬だ。朝五つ（午前八時）を廻《まわ》った時刻で、栗毛色の鬣《たてがみ》が朝陽に照らされて輝いている。お品の店の前で止まった。

厚い菰《こも》に包まれた鮪が馬の背に二匹ずつ荒縄で括られている。

馬の嘶《いなな》きが聞こえたようだ。小袖の上に綿入れの半纏《はんてん》を羽織ったお品が店の格子戸を開けて顔を出した。奈津の顔も同時だった。

黒く光る鮪の尾鰭を見て二人が馬の傍《かたわ》らに駆け寄った。

「六蔵、今日のは特別大きいね。三尺以上はあるずら」

お品がそう言いながら両手を開いて鮪の尺を計る。

「もっとあるぞ。目方が二十貫以上あるんだから」

応えた男は権蔵と一緒に鮪を運んでいた馬方仲間の万作《まんさく》だ。

「美味《うま》そうな鮪だ、一度でいいからこんなの食べてみたいねぇ」

そう言いながら奈津が鮪の口先に顔を寄せた。

「馬鹿なことを言うな。こりゃ、甲府の代官様たちの口に入るご馳走《ちそう》よ。俺たちに喰えるような物じゃねえ」

奈津を窘めたのは手綱を握る彦十《ひこじゅう》だ。

「思ったことぐらい、言ったっていいずら」

奈津も負けていない。

「分かったよ。姉ちゃん、俺がいつか喰わせてやるからよ」

菰に包まれた鮪の腹を六蔵が叩いた。

「だったら、それまで長生きしなくちゃ」

「姉ちゃんは、大袈裟なんだよ」

六蔵の顔が苦笑いに変わった。

「一刻半（三時間）もありゃ戻るから、昼飯の支度を頼まぁ」

三人の馬方が甲府の魚市場に向かって歩き出した。

代官所のある甲府は笛吹川《ふえふきがわ》を渡った一里半先になる。

「そろそろ戻って来るころずら」

お品は馬の蹄で削られたデコボコな坂道に立っている。

梅林の先に手拭で頰《ほ》っ被《かぶ》りをした馬方の姿が見えた。

「奈津、六蔵たちが帰ったよ」

「あいよ」

店の中から奈津の元気のいい声が返ってきた。

「市場が大賑わいで、遅くなっちまったぜ」

馬方は庭と畑の間に立つ柿の木の幹に手綱を括った。

奈津が馬の鼻先を撫《な》でると、馬の嘶きが谷間に響いた。

「雨でぬかるんだ道は、足元が緩いからそれだけで疲れらぁ」

そう言って六蔵が草鞋《わらじ》を脱ぐ。

「でも、遅れたのは一日だけでしょ」

奈津の言葉は歯切れがいい。

「わりかし早かったから、助かったよ」

夜を通して峠を越えた三人の目の下には黒ずんだ隈《くま》が見える。

「疲れた体にはすいとんだよ。笹団子も作っておいたから」

そう言いながら、お品が台所から七輪を持ち出した。

「昨日のお客さんがくれた、烏賊の干物だよ」

奈津が烏賊の足を解《ほぐ》して網の上に載せる。

焦げるまで炙《あぶ》った。それを三つの湯飲み茶碗に入れた。

板場に戻ったお品が温めた濁酒の入った土瓶を持ってきた。

「烏賊酒は口当たりがいいからね。これ飲んで布団に入りゃ夢なんか見ないでぐっすりだよ」

そう言いながら奈津が三つの茶碗に濁酒を注ぐ。

お品が万作に訊いた。

「親方、うちの倅は馬方としてどんなもんずら」

烏賊酒を口に運んだ彦十が意外そうな顔をした。

「六蔵は体力もある。馬も懐いている。手綱さばきも申し分無し。心配なんかすることたぁねえよ」

万作が続けた。

「蛙の子は蛙だ。もう立派な馬方よ」

お品は奈津と顔を見合わせた。

「みんな、濁酒も烏賊もまだあるからね」

髯面《ひげづら》の大口を開けて、美味そうに笹団子をたいらげる彦十と万作に、お品は胸の内で両手を合わせた。


六蔵たちが甲府に鮪を届けてから二日が経っていた。

前日、六蔵はお品が店で使う薪の伐り出しで山に入った。

この日は朝から鍬《くわ》を持って庭先の畑を耕し、秋菜と沢庵《たくあん》漬けにする大根の種を蒔いた。

野菜の種蒔きは季節の先取りで三か月後の収穫を当て込んでの作業になる。店先の丸太の椅子に腰を下ろしていると、空馬の手綱を持った万作が通りかかった。

「六蔵、菜種は蒔いたのか」

「秋菜と大根は終わったとこで」

六蔵はそう言いながら煙管《キセル》に火を点けた。

「空馬だけど、どこへ……」

「石和《いさわ》の問屋場《といやば》よ」

万作は女房と爺さんが編んだ筵《むしろ》を納めてきたところだと説明した。

八ヶ岳の稜線に沈む夕陽が空を赤く染めている。

「帰ったら晩飯を喰うだけずら。一杯どうかな」

六蔵は店から濁酒を持ち出した。

茶碗に注ぎ合ったところで彦十が顔を出した。

彦十の右手に蜂の巣が握られている。

「足長蜂の巣よ。伐採していた椚《くぬぎ》の枝の先にあってよ、もう少しで蜂の大群に襲われるとこだったぜ」

そう言って大袈裟に蜂を追っ払う素振りをする。

蜂の子は、淡い甘みが口の中にとろけて酒の肴の王様だ。

彦十は父親と一緒に炭焼きをしている。この時季は冬場の窯《かま》入れに備え、木質の硬い椚や楢《なら》を伐採し炭の寸法に刻む。

峠の麓に開ける右左口は、宿場といっても村民の暮らしは質素だ。

山肌を切り拓《ひら》いた猫の額ばかりの田畑を耕す百姓と、山に分け入り丸太を切り出す樵《きこり》。

楢や椚を刻んで炭を焼く炭焼き。

百姓はほとんどの家が馬を持つ。農耕馬だ。

宿場としての規模は朝晩の賄いが用意される旅籠《はたご》が二軒。

他の五軒は、客の持ち込む米を炊く竈《かまど》の薪代を徴収するだけの木賃宿《きちんやど》だ。宿場としての村民が受ける恩恵は、立ち寄る馬方衆の飼葉の調達と木賃宿に買ってもらう薪。

もう一つある。馬方が使う筵だ。塩を運ぶ馬方は、塩俵で馬の背中が擦《こす》れる。これを防ぐため厚い筵が使われる。お茶、瀬戸物、野菜などを積む馬方も筵は必需品だ。百姓は稲作で藁が出ると冬場の内職として筵編みに精を出す。

　こうして吉原通いの馬方は誰もが二足の草鞋を履いている。

「百姓も山仕事も一段落だ。出立は明後日《あさって》とするべ」

　湯飲みの濁酒を飲み干した万作が立ち上がった。

　馬方衆の吉原行きは、こんな塩梅《あんばい》で、各々の仕事の都合で決まる。

四

　三匹の馬が吉原に向かったのはその二日後だった。

　馬の背中には荷受問屋に卸す筵が積まれている。

　冬場に彦十と万作のところの年寄りが藁で編んだものだ。

　出立する三人の前にお品が走り出た。

「峠を越えるころには腹の虫が鳴くずら」

　笹の葉に粟と稗を炊き合わせた大ぶりの握り飯が包まれている。

「お品さん、いつも悪りぃなぁ」

　万作がお品の前で大袈裟に頭を下げた。

「何言ってるんだい。あたしの亭主に代わって何も分からない息子の面倒を見てくれてるんだもの、当たり前ずら」

吉原の本陣は六軒町《ろっけんちょう》の富士山を背にした東海道の北側にある。荷受問屋は隣の西本町《にしほんまち》の脇本陣の隣だ。中道往還の出発点となる宿場だけに問屋場は幕府の継荷もある。商人の届け荷も預かる。

東へ西へと駆け抜ける飛脚《ひきやく》の出入りも絶え間がない。

上井手宿で朝餉《あさげ》を済ませた六蔵たちは、朝四つ（午前十時）に吉原宿に着いた。

問屋場に入ると帳場机の前に番頭が座っている。

「ただいま着きましたんぜ」

万作が到着を告げた。

「おう、甲府衆か。まだ飛脚の沙汰が届かねえ。待っておれ」

甲府に鮪を運ぶ馬方を問屋場では甲府衆と呼ぶ。

鮪が沼津で揚がると、その知らせを届けるのが飛脚だ。

甲府衆はその知らせを待つことになる。

六蔵たちは問屋場の裏手にある人足宿《にんそくやど》の前に馬を繋《つな》いだ。

渡世人や無宿者が屯《たむろ》する人足宿は、各人の持ち物が壁際に積み重ねられ足の踏み場もない。その隙間に盆が置かれ昼間から博打が開帳される。半だ丁だと、渡世人の罵《ののし》り合いが姦《かしま》しい。

九つ半（午前一時）を過ぎて飛脚が届かなければその日は無しだ。

この日は飛脚の知らせが届かなかった。

万作は六蔵を伴い、吉原宿から隣の原宿《はらじゅく》に繋がる浮島沼《うきしま》に繰り出した。浮島沼は海面との標高差が少なく大雨や高潮が襲うと海水が流れ込む。海水と淡水が混ざり合う湿地帯は泥鰌《どじょう》や鰻《うなぎ》の宝庫だ。

馬方衆は時間が空くと浮島沼に魚籠《びく》を持って繰り出す。股引《ももひき》を膝まで上げ両手で沼底を掻く。鰻の頭が指先に当たると両手で掴む。海のない甲府衆にとって新鮮な鰻は家族への土産としてこれ以上のものはない。六蔵が嬉しいのは、鰻も泥鰌も持ち帰るとお品の店でも使えるからだ。

飛脚が問屋場に駆け込んだのは翌日の昼九つ（正午）だった。

番頭が人足宿に顔を出した。

「甲府衆、荷が届く。荷を積み替える用意をして待てぇ」

飛脚の書状は鮪の揚がりが八四、一刻（一刻＝二時間）後に到着、とある。

万作も六蔵も馬の置き場に走る。

たっぷりと用意した飼葉が綺麗になくなっていた。

「さあ、お前たちの出番だ」

六蔵はそう言って馬の横腹を叩いた。

鮪は沼津衆の手で所定の時間に運ばれてきた。

六蔵たちは鮪を二匹ずつ三匹の馬の背に積み替えた。

残りの二匹は他の甲府衆に回された。

万作を先頭に吉原を出立したのが夕七つ（午後四時）だ。

頂を雲の上に見せる富士山を右手に眺めながら上井手宿、人穴宿、根原《ねばら》宿と進み精進湖の畔《ほとり》から峠道に入る。

時間との戦いだ。

用意した握り飯を腹には入れるが立ち止まることはない。

根原宿を過ぎるとどっぷりと日が暮れていた。古関宿の旅籠で夜食の握り飯を用立ててもらう。再び出立だ。夜道を歩く。

松明を持つ六蔵を先頭に雑木の枝が迫り出す坂道をひたすら歩く。

中空に浮かぶ半月が夜道を照らしてくれる。

向かいの山から梟《ふくろう》の啼《な》き声が聞こえてきた。

細く闇に消え入りそうな梟の啼き声は何故か物悲しい。

「親父が襲われたのは、こんな月夜の晩だったんずら」

梟の啼き声が消えたところで六蔵が訊いた。

他愛のない話は続いても、権蔵の話題になると誰もが口を噤《つぐ》む。目の前で喰い殺された権蔵の悪夢を思い出したくないのだろう。

六蔵が船を下りたのは父親の仇を討つためだ。

吉原に向かうたび、六蔵は鰍沢の代貸しから渡された長差しを親方から貰った押上棒の中に仕込んで馬の背に括りつけている。

万作も彦十もそれは知っている。

右左口峠の頂上に差し掛かった。

前方の草藪に光る目を見た。三匹が一列に並んでいる。狼だ。

「狼は先頭に雄が立ち、子どもを挟んで後ろに雌がつく」

狼を前にした六蔵は権蔵の言っていた言葉を覚えている。

手を伸ばして馬の背から長差しを引き抜いた。

狼は松明の火を怖がる。これも権蔵に聞いていた。

六蔵は松明の火を消した。それから狼に近づいた。

「六蔵、何をするつもりだ」

万作が叫んだ。六蔵は一歩前に出た。

先頭の狼が前脚を低く落とした。六蔵は狼の不気味に光る両目を睨んだ。身構えた。沈んでいた狼の両脚が伸びた。口を開けた狼が宙に飛んだ。両脚が六蔵の喉仏に向かって伸びてきた。

六蔵は長差しを上から斜めに振り下ろした。鈍い音がした。確かな手応えを感じた。狼が目の前に落ちた。四本の脚が痙攣《けいれん》して震えている。切り裂かれた狼の腹から出た臓物を月明かりが照らしている。

残った二匹の前に六蔵は立った。狼と視線を合わせた。

万作も彦十も動く気配がない。

六蔵が一歩踏み込んだ。二匹の狼が小さく唸《うな》り声を上げた。それを合図に背を向けると草叢《くさむら》の中に姿を消した。

六蔵は長差しを右から左に振った。

二人に向かって振り向いた。

「親方、これで俺は親父の仇が討てた気がする」

「そ、そうだ……」

万作の声が乾いて震えている。

「六蔵、よくやった」

彦十が月夜に光る狼の腸《はらわた》を見ながら頷《うなず》いた。

「親方、早いとこ峠を下りないと魚尻線を越えちまいますぜ」

万作に言い、六蔵は松明に火を点けた。

深閑《しんかん》とした闇夜の中で月明かりが木立を照らしている。

「おお、そうだな」

六蔵の声に我に返ったように万作の声も威勢を取り戻している。

三匹の馬が麓を目指して歩きはじめた。

先頭を歩く六蔵に万作が並んだ。

「あのとき、権さんが松明の火を前に狼と睨み合ったんだ。退治しようとしたのか除《よ》けて通り過ぎようとしたのかは分からねえ。そのとき彦が慌てて後ろから松明を投げたんだ。松明が権さんの前にいた狼の後ろの狼に当たって……」

それから暫《しばら》く間が空いた。

「それを見た狼が、唸り声を上げて権さんに飛び掛かったんだ」

狼の怒りに火が点いたのは、子どもに攻撃を仕掛けられたからだろう。無防備な人間が獰猛《どうもう》な狼に襲われては手の出しようがない。

獣は生き物の急所がどこか知っている。

松明を構える権蔵の動作より狼の攻撃の方が速かった。

喉仏に喰らいついた狼は、頭を左右に振って放さなかった。

驚いた万作が狼に松明を叩きつけた。何度も何度も叩きつけた。ようやく狼が権蔵から離れた。

月明かりの中で大の字になった権蔵は動かなかった。

喉仏が嚙み切られていた。

彦十が助けを求めて村に走った。

戸板に乗せられた権蔵の亡骸《なきがら》は、お品の元に運ばれた。

その日の顚末《てんまつ》を二人から聞くのははじめてのことだ。


朝五つ（午前八時）、六蔵の馬を先頭に両脇に鮪を積んで峠から下りてきた。

箒《ほうき》を持った奈津が店の前を掃除している。

「お母ちゃん、六蔵たちが帰ったよ」

店の格子戸が開いた。お品が顔を見せた。

「ご苦労だったたねえ。もう慣れたかい」

「船頭に比べりゃ馬が荷を背負ってくれる。楽なもんさ」

半年の経験を積んだ六蔵はすっかり馬方が板についている。

「六蔵、その血は……」

奈津に言われて六蔵は自分の腹掛けを見た。

胸から臍《へそ》の部分にかけて生成りの腹掛けに血飛沫《しぶき》が飛んでいた。

万作も彦十も気が付かずにいた。

六蔵が答える前に万作が口を開いた。

「お品さん、六蔵の奴がやりましたぜ」

「何を……」

お品は何のことやら分からない。

「出たんですわ。峠で狼が……」

「えっ、狼が……」

お品は半歩下がった。

「多分ありゃ、権さんを襲った狼だ。六蔵が一刀両断で狼の腹を真っ二つに切り裂いて」

余計なことに、彦十が馬の背中から六蔵の長差しを抜いた。

「これで仕留めたんですわ」

長差しの刃文に光が反射して煌《きら》めいた。

「この刀でお父さんの仇を……」

お品は目の前に出された長差しに人差し指を這わせた。

血糊《ちのり》が付いている。

じっくり見つめる。涙を浮かべた双眸を六蔵に向けた。

「六蔵、これでお父ちゃんも成仏できるよ」

六蔵は黙って頷いた。

奈津が母屋に走った。線香を手にして戻ってきた。

「さあ、みんなお父ちゃんに線香をあげて」

朝陽を浴びる塔婆の前で五人が跪《ひざまず》いた。

線香の青い煙がゆっくりと揺れながら青い空に昇って行く。

「馬方も百姓も継いでくれた。お父ちゃんも喜んでいるだろうけど、まだひとつだけ心残りがあるんだ」

塔婆を見つめるお品がぽつりと言った。

「心残り……。なんだよ」

「お父ちゃんと一緒に、鮪を喰ってみたかったのさ」

お品が鮪を喰いたいと言っていたのを六蔵は聞いている。

「親方、この鮪をここに下ろしてみんなで喰ったらまずいずらか」

奈津がお品の顔を見ながら言った。

「そんなことをしたら、俺たちは全員がこれだぞ」

彦十が尖《とが》った声で腹を切る仕草をした。

「お父ちゃんが、お前らと鮪を腹いっぱい喰ってみてえ、そう言ってたけど、死んじまやあ喰いたいものも喰えないいんだから、この鮪を喰えるなら殺されたって本望ずら」

奈津の言葉にお品の顔が強張《こわば》った。

「彦さんだって、喰いたいずら」

これも奈津の言葉だ。彦十は口を噤んで答えない。

「そんなことより、早く市場に向かわないと間に合わねえぞ」

そう言ったのは万作だ。

手綱を握った彦十がお品に言った。

「お品さん、俺、お品さんの作った笹団子を喰いてえな」

「分かったよ。作っておくから早く戻っておいで」

三匹の馬は市場を目指して蹄鉄を響かせる。

五

晩秋を迎えると、甲府盆地は八ヶ岳から吹き下ろす木枯らしで辺り一面が白く凍った霜で覆われる。

客は手足を凍えさせて峠を下りてくる。そんな客に対するご馳走は温かい食べ物だが、炉端《ろばた》で薪を焚いて店をぽかぽかに暖めておくこともご馳走のうち。それを知るお品は、昼時が過ぎると奈津に店の留守番を任せ、裏山に薪を拾いに行く。

「お母ちゃん、若くはないんだから無理しちゃ駄目だよ。薪拾いは六蔵に任せればいいんだから」

そう言われてもお品は山に入った。杉や檜《ひのき》の大木が生え揃う山肌は太陽の光を遮り、昼間でも霜柱がそのまま残っている。

五十歳を越えたお品の体にこの寒さは辛い。枯れ枝を拾い集め鉈《なた》で刻んで束にする。背負子《しょいこ》に括りつけて家に持ち帰る。肩にのしかかる重たさも、お品には客の喜ぶ顔を思えば苦にはならない。

その日。吉原から戻った六蔵は万作宅に晩酌に誘われた。

彦十を加えた三人は、吉原の浮島沼で獲った鰻と泥鰌の垂れ焼きを肴に四方山《よもやま》話に花を咲かせた。ほろ酔い気分の帰還となった。

家に戻ると奈津が客の帰った店の掃除を一人でしていた。

「母ちゃんは」

「熱があるからって、家に戻って休んでいるよ」

二人で店の戸締りをして家に戻った。

お品が奥の間で掛布団を被って横になっていた。

「母ちゃん、大丈夫か」

「風邪みたいだから、一晩寝てりゃ」

お品の声にいつもの力がない。

翌朝、六蔵たちは吉原に向かった。

「姉ちゃん、無理するんじゃねえぞ。母ちゃんの様子を見て調子が悪そうなら店は閉めたっていいいんだから」

「峠の茶屋」は、塩道を往来する馬方に人気がある。

季節の山菜の炊き込みご飯。小麦粉を練って丸め味噌汁に浮かせるすいとん。これらは安くて腹持ちが良い。人気の喰い物だ。

今回は沼津で鮪が揚がらない。問屋場で四日待ちぼうけを喰った。

六蔵が鮪を積んで吉原から戻ると、店の前の幟が仕舞われている。

胸騒ぎがした。六蔵は慌てて家に飛び込んだ。布団に寝かされたお品の横に奈津が座っている。濡《ぬ》れた手拭をお品の額に置くところだ。

六蔵の帰りを伝えても、お品の目は虚《うつ》ろなままだ。

「六蔵が発ってからは、起きることもできずに寝ているだけ。口を開けば鮪が喰いたいって……」

六蔵はお品の枕元に膝を寄せた。お品は六蔵の顔を見た。

「そんなに鮪を喰いてぇのか」

六蔵はお品の肩を揺すった。

お品は小さく顎を引いた。

夜が明けるのを待った。馬に飼葉を喰わせた六蔵は奈津に握り飯を作らせた。お品の顔は昨晩より目が窪み生気を失っていた。

「母ちゃん、待ってろ。俺が鮪を喰わせてやるからよ」

濁っていたお品の目が一瞬輝きを放った。

「明後日の朝には鮪を持って帰る。楽しみに待っててくれよ」

六蔵は馬に跨《また》がった。

六蔵は吉原で夜明けを迎えた。母親の衰弱ぶりを思うと六蔵は体の疲れを忘れた。その足で沼津に向かった。

狩野川《かのがわ》の河口にある河岸は、漁を終えた船でごった返している。

青魚を笊《ざる》に入れて運ぶ男が六蔵の前まで来た。

「市場を仕切っている親方は、どちらに……」

男は立ち止まった。六蔵は馬の手綱を握っている。

「大将は、あそこだ」

十間《けん》（一間＝約一・八メートル）ほど先に立つ男が大将だった。

六蔵はその男の前に駆け寄った。

「河岸を仕切っている、親分さんで」

「ああ、そうだが」

「あっしは、ここで揚がる鮪を、吉原から甲府に運んでいる甲府の者でして」

畏《かしこ》まった六蔵の挨拶に男は戸惑いの色を浮かべた。

六蔵は事情を話した。

「そんな訳で、どうしても鮪が欲しくて……」

「分からんこともねえけど。鮪となりゃ問屋場を通さねえとなぁ」

両腕を組んで首を傾《かし》げた。それから大きな声で叫んだ。

「おい。誰かメジを揚げた者はいねえか」

親方は漁師の反応を待つ。河岸の朝は姦しい。

「メジなら、俺が二本……」

その漁師は魚の入った桶《おけ》を舟から持ち上げている。

「辰《たつ》さん、そのメジ俺に売ってくれよ」

「いいですよ」

「あるってよ。兄ちゃん……」

声を上げた漁師のところに六蔵を連れて行く。

鮪と同じ形をしているが尺がない。

「こりゃ、成長前の鮪の子どもよ。メジ鮪って呼ぶんだ。喰ってみりゃ脂《あぶら》の乗りが少しは違うけど、味のほうは遜色なしよ」

そう言って教えてくれた。

「勘定は後だ。その二匹を、早いとこ包んでくれ」

親方は辰と呼んだ漁師に命令する。二匹のメジ鮪が筵に包まれた。

「早いとこ戻って、喰わせてやったらいい」

親方は早く積めと六蔵に顎でしゃくった。

「お代の方は……」

「馬鹿言っちゃいけねぇ。沼津者が魚を獲る。獲れた魚を甲府衆が運んでくれる。俺たちは互いが仲間っちゅうもんじゃねえか」

六蔵は親方の顔を見た。親方が小さく頷いた。

六蔵の目に涙が溢れた。

「お言葉に甘えさせてもらいます。このご恩は一生忘れません」

「そんなこたぁいい、早く行って喰わせろ」

六蔵は吉原から朝霧高原を抜け、一気に馬を走らせた。

八ヶ岳の稜線を朝陽が照らしていた。

六蔵は威勢よく玄関の格子戸を開けた。

自在鉤が下がる囲炉裏を前に奈津と万作が座っていた。

「鮪を持ってきたぞッ」

奈津が立ち上がった。

「お袋は……」

奈津が顎で奥の間を指した。

「だったら、早く捌《さば》いて……」

万作が鮪を台所に運んだ。六蔵は寝ているお品の枕元に走った。

「母ちゃん、鮪だぞ。沼津から持ってきたんだ」

石和から呼び寄せた医者と彦十が布団を挟んで座っている。

お品の窪んだ力のない目が六蔵を見てかすかに微笑《ほほえ》んだ。

「な、母ちゃん、鮪を喰って元気にならなくちゃ」

万作の手で切り揃えられた鮪が皿に盛られている。

「はい、お母ちゃん」

醤油をつけた鮪を奈津がお品の口元に運んだ。

お品の唇が小さく開いた。

二度三度と鮪を噛んだ。

かすかに微笑んだ。
「そうだよ、うんと喰って早く元気になれよ」
六蔵がお品の口元を見つめて言う。
お品の目から涙がひと筋流れた。
奈津の指がお品の目尻を拭う。
六蔵がお品のか細い手を握った。
父ちゃんと母ちゃんは今、一緒に鮪を喰っている。
その光景を思い描きながら六蔵はお品の顔を見た。

二　百足疵《むかできず》の男

一

塩叺、お茶、瀬戸物など高瀬舟の上がり荷は、三百貫の重量になる。岩淵から鰍沢まで十八里の急流を五日から六日かけ、四人の船頭によって引き揚げる。夏は蒸し暑く、冬は零下二十度にも下がる。船頭たちは河原ばかりでなく、膝まで水に浸かって舟を引くこともあるから、その冷たさは過酷で想像を絶する。

鰍沢河岸に着いた船頭たちの顔には、一様に目の下に墨を塗ったように黒い隈が浮かんでいる。

「さあ、着いた。みんなご苦労さんだったな」

舳先に突き刺した押上棒から手を離した佐平次《さへいじ》が、額に浮かんだ玉の汗を拭いながら船頭たちに労《ねぎら》いの言葉を掛ける。

「親方こそ、ご苦労さんで……」

「何を言ってるんだ。おめえらのおかげよ」

佐平次は富士川舟運で三人の船頭を束ねる船主で親方だ。

岩淵河岸から二十四俵の塩叺を積み、途中の沼久保《ぬまくぼ》で豪雨に遭《あ》って三日間の川留となった。そのため三日遅れての到着だ。

　大福帳を手にした塩会所の番人が佐平次の舟に近づいた。

「大雨で、えらい目に遭ったようだなぁ」

「へい、十日もかかっちまいやして」

　そう言って頭を掻いた。

　塩会所の番人に積み荷の検品を受けると舟運の任は終了だ。

　佐平次は米を貯蔵する御米蔵屋敷の先、駿州往還に面した一膳飯屋「羽衣《はごろも》」に船頭たちを誘った。船頭たちはこの振舞酒を楽しみに、道中で力を発揮してくれることを佐平次は知っている。

　船頭の誰もが酒が入ると目の下の隈が消え、赤味を帯びた子どものような無邪気な顔に変わる。佐平次はその顔を見るのが楽しみだ。

「羽衣」は夕刻ということもあり、四人の船頭が暖簾《のれん》を潜《くぐ》ると六つの床几が置かれた店内は入り口の右側の席だけが空いていた。

　酒が運ばれてきた。佐平次が三人の猪口《ちょこ》に酌をする。船頭たちが上がり荷の苦役を忘れるときだ。

「舟運の船頭なんかにゃ、なりたかぁねえやな」

　酔いどれ客の雑音に混じって聞き捨てならぬ声が飛んできた。

　佐平次が振り返った。奥の左隅に二人の男が座っている。

背中を見せている本多髷の男の声には覚えがない。

正面を向く豆のような丸い顔をした肩の細い男は知っている。

佐平次の女房、お磯《いそ》と一緒の塩問屋で働く小揚げの粂《くめ》だ。

「また、新しいのと……」

右手の小指を揺らせながらそれを聞いたのは粂だ。

「ま、そういうことだ」

本多髷の声は太くてザラついている。佐平次は耳を澄ませた。

「いい気になって泥棒猫みたいな真似を続けてたら、そのうち罰が当たるぞ」

粂の声は細くて甲高《かんだか》い。

「良いも悪いも、俺が誘うわけじゃねえ。女子衆《おなご》が勝手に俺の棲《す》み処《か》にやって来るんだから」

「ちぇ、また色男ぶりやがって」

聞き役に回っている粂は佐平次に気付いている様子がない。

「俺にとっちゃ雨は神様よ。雨が降りゃ川留となる。となりゃ、それだけ美味《おい》しいめが味わえるって寸法よ」

富士川舟運は水深八尺（一尺＝約三十センチ）を通常とし、水深一丈（一丈＝約三メートル）になると馬、渡船が止まる。更に一尺増えると川留となる。

岩淵や途中の津出場《つだしば》（船乗り場）で川留になると、船頭たちは川留が解けるまで船宿で時間を潰して待つしかない。

一度川留に遭うと三日や四日は続く。

男はこのことを言っている。

「で、新しい女ってのは、どこの誰で……」

粂が訊いた。

「おめぇも知ってらぁ。喜久《きく》って女子よ」

潜《ひそ》めた声だが佐平次の耳に届いた。

佐平次が隣に座る竜太郎《りゅうたろう》の耳元に呟いた。

「今の声、聞こえたか」

竜太郎は三人の船頭の中では親方に次ぐ立場の半乗りだ。

その竜太郎が口元を引き締めて小さく頷いた。

「喜久って、言わなかったか」

「確かに……」

佐平次が猪口を置いて立ち上がろうとした。

「どうしたんですか」

「その名が本当だったら、堪忍できねえからよ」

「名は同じでも、人違いってこともあるでしょ」

筋の通らないことを嫌う佐平次の気質を知る竜太郎が佐平次の膝頭を押さえた。粂たちが立ち上がったのはそのときだ。佐平次は粂の視線を避けて壁際に顔を向けた。

勘定を終えて店を出る男の横顔を佐平次はしっかりと目の奥に焼き付けた。頬に一寸（一寸＝約三センチ）ほどの百足に似た斬り疵《きず》がある。

「あいつは、どこの者か知ってるか」

睨みながら佐平次が訊いた。

「春先に、清水湊《しみずみなと》から流れてきたようで……。問屋場の番人がそんなことを言っていましたが」

竜太郎がそう言った。

「清水湊か……」


それから三日が経った。秋分を迎えた鰍沢の空には鱗雲《うろこぐも》が広がり河原を赤蜻蛉《あかとんぼ》が富士川の上流に向かって羽根を揺らす。

六つ半（午前七時）、佐平次の舟の乗る三人の船頭が河岸に集まって来た。

竜太郎と小船頭の梅吉《うめきち》、それに叺背負いの文次郎《ぶんじろう》だ。

鰍沢の周辺には三か所の河岸がある。

米を扱っている。

青柳《あおやぎ》河岸は市川《いちかわ》支配領・清水領の年貢米を扱う。黒沢《くろさわ》河岸は石和支配領・田安《たやす》領の年貢米が運ばれる。御米蔵はそれぞれが別にある。

一番規模の大きな鰍沢河岸は、甲府支配領の年貢米のほか信州《しんしゅう》諏訪《すわ》領、松本《まつもと》領の年貢米が運ばれる。御米蔵はそれぞれが別にある。

鰍沢の御米蔵屋敷は河岸から二町ほど離れたところで、駿州往還との間にある。南北四十間、東西三十間の蔵屋敷は石垣が積まれ土盛された周囲には竹矢来が囲んでいる。

御米蔵は一棟で桁二十間、梁《はり》が四間、高さが一丈ある。

御米蔵屋敷には甲府代官所の手代が詰める詰所小屋がある。

船の数と積み込みの指示は同じ敷地内にある問屋会所の番人だ。

俵は米仲士の肩に担がれ高瀬舟に積み込まれる。

五十艘以上の舟が毎日岩淵に向かうわけで、河岸は日の出と共に米仲士の掛け声や身延《みのぶ》山詣《さんもう》での旅人、喰い物や土産を売り歩く棒手振《ぼてふ》りなどでごった返している。

佐平次の前を俵を担いだ米仲士が通り過ぎた。男の頬の疵を見て佐平次は思わず振り返った。頬に百足疵があるからだ。

男は細身だが俵を担ぐ足取りは軽快だ。

佐平次は竜太郎の横に歩み寄った。

「あいつは、あのときの男じゃねえか」

男の後ろ姿を顎で指した。

俵を舟に積み込んだ男が引き返してきた。三尺先を通り過ぎた。

「間違いねえですよ」

竜太郎の言葉に佐平次の目が鋭く光った。

「喜久って名の女は、そんなにいるもんじゃねぇ」

佐平次の呟きを竜太郎は聞いている。

「あの野郎に、鰍沢を好き勝手に荒らされたんじゃ、船頭としての面子がたたねぇ」

佐平次の両手が強く握りしめられた。

下り荷は米俵を三十俵積み込むと出立だ。

佐平次の舟にも米俵が積み込まれている。

佐平次は船宿に持ち込む船頭たちの喰い扶持《ぶち》の米を運び込む。

昼飯の入ったひるま桶（弁当箱）はそれぞれの手に握られている。

顔見知りの番人が佐平次の横に立った。

「天気も心配なさそうだ。こんな日は下り荷も楽なもんで」

「へい、そうあってほしいもので……」

軽く受け流した。

佐平次は「甲州御城米御用」と書かれた幕府御用達《ごようたし》の御旗《みはた》を米俵の間に差し込んだ。この旗を掲げた高瀬舟は、どんな荷船でも進行を邪魔することは許されない。

「岩淵に着いたら一杯やろうぜ。みんな持ち場をしっかり守ってくれよ」

「へい」

佐平次の出立の合図に、先頭たちが気合の入った声で答える。

鰍沢から岩淵まで十八里の道中は、流れが順調なら三刻（六時間）もあれば十分だ。といっても呑気《のんき》に煙管をふかしてばかりはいられない。

川の両岸には鰍沢を目指す上がり荷の高瀬舟が蟻の行列のように続いている。流れの中央部から外れようものなら上がり荷の舟に衝突だ。それを避けるため、舳先に立つ船頭頭は押上棒を手に前方を見据える。舵《かじ》を取るのは叺背負いだ。

流れは順調だ。出立して一刻ほどが経っていた。

下部《しもべ》の津出場の手前にある屏風岩《びょうぶいわ》に差し掛かった。

ここは北岳、間ノ岳を源流とする早川《はやかわ》の急流が流れ込む。

流れと流れの衝突で予期せぬ大きな渦が発生する難所だ。

この渦に巻き込まれると舟は横転し、積み荷もろとも流されてしまう。

ここが船頭の腕の見せどころ。

佐平次の巧みな棹さばきで無事に通過した。

「塩梅な天気だし、急ぐこともねえ。この辺りで昼飯でも喰ってゆっくり下っても遅くはならねえずら」

佐平次は最後部で舵を握る文次郎に声を掛けた。

「舟を岸に着けてくれねえか」

難所を無事に乗り切ったことで佐平次の声は弾《はず》んでいる。

文次郎が川岸に舟を寄せた。

平らな石を真ん中にそれぞれが車座に座る。ひるま桶を広げる船頭たちの前で佐平次が熊笹を使った包みを出した。

「ほれ、母ちゃんが用意してくれた春に採った蕗味噌《ふきみそ》だ、美味いど」

春になると大法師山を源流として河岸の南側に流れ込む南川の川縁に蕗が芽を出す。お磯が採って湯を通し味噌漬けにしていたものだ。笹の葉に包まれた蕗味噌は春の匂いを残している。

周囲に生息するエナガやムクドリが川面《かわも》を飛び交う。

下り荷の船頭は天気さえ良ければ気楽な稼業だ。

文次郎が低い鼻の穴を膨《ふく》らませた。

「ついひと月前のことだ。黒沢河岸の船頭が牢屋にぶち込まれたって話は聞いているかい」

梅吉と竜太郎が好奇心の目で文次郎を見る。

「船頭が留守の間に嬶《かかあ》が小揚げ仲間のところに夜這いしたそうだ。それを知った船頭は憎さ百倍。嬶を半殺しにして相手の家に乗り込んだんだってよ。殺すの殺さないのと大喧嘩となり、村の衆の通報を受けた役人が駆け付け船頭はお縄になったそうだ」

文次郎の語り口調は弁士のそれになっている。

「嬶は男好きのする器量のいい女だったらしいぜ。だもの十日も放っときゃ悪い虫が付くのも当たり前っちゅうもんずら」

まるで講談師の語り口調だ。

「留守の間に、嫁が他所《よそ》の男のところに忍び込んだなんてことを知りゃ、命懸けで舟を引っ張っている亭主の立場からしたら、相手を殺したくなるのも当たり前ずら」

それを聞いた梅吉が口を挟んだ。

「やっぱり女ってなぁ、色男にゃ弱いんだ」

「あっちの日照りが続きゃ、男も女も一緒ずら」

それを言った文次郎が煙管の先っぽを石に当てた。

「だから、俺はこの仕事をしている間は所帯を持たないことにしてるんだ」

佐平次が立ち上がった。

「くだらねえ噂話は、それくらいにしろっ」

華やいでいた空気が一気に収縮した。

腹を赤く染めた五寸ほどの魚が尾鰭を揺らせて川面に飛び跳ねた。

アマゴだ。産卵で上流を目指すアマゴは腹を赤く染めている。

上がり荷の舟が蟻の子の行列のように次々と通過する。

一艘の舟が佐平次の高瀬舟の前で止まった。

「こんなとこで昼飯たぁ、いい御身分で」

声の主は佐平次が懇意にしている船頭の馬之助《うまのすけ》だった。

馬之助は越後《えちご》から船頭として出稼ぎに来て十五年。

一年間だけ佐平次が叺背負いを務める舟で、小船頭として働いていた。それからは別の舟に移ったが、苦労が報われ三年前に自前の舟を持った親方だ。

生まれたばかりではそんな予想もできないだろうが、馬之助の顔は名前がそのまま当てはまるような馬に似た長い顔をしている。

「岩淵で川留に遭って三日も足止めを喰らっちまってよう、ここまで辿《たど》り着くのに九日も掛かっちまって」

馬之助の顔に疲れの色が浮かんでいる。

三歳年下の馬之助を、佐平次は弟のように可愛がっている。

竜太郎はそれを知っている。挨拶はそれだけで馬之助の舟が上流に向かった。佐平次は舟を流れに押し出した。

「馬さんの奥さんは、確か喜久さんと……」

舳先に立つ佐平次に背中から竜太郎が問いかけた。

「そうだ」

佐平次は眉間《みけん》に皺を寄せ前方を睨んだ。

二

岩淵で荷を積み替えた佐平次の高瀬舟が、鰍沢に到着したのはそれから七日が経ったあとだった。

佐平次が船番所に報告で走った。

「川が順調だったんで、予定より早く着きやした」

鰍沢河岸には塩叺を積んだ高瀬舟が、毎日三十隻から四十隻は到着する。六百俵近い塩叺は、駿州往還に面して並ぶ塩蔵に塩仲士の手によって運ばれる。

運ばれた塩は小揚げの手によって叺から俵に詰め替えられる。

詰め替えた俵には〝鰍沢塩〟と刻まれた焼き印が押される。

塩を叺から俵に詰め替えるには理由がある。馬の背に左右対称の重さで括りつけるには、細長い形状の叺より丸い俵の方が収まりが良いからだ。

その俵は、塩道と呼ばれる二十二里の街道を韮崎《にらさき》、小淵沢《こぶちざわ》、高遠《たかとお》、諏訪と続く終着の塩尻《しおじり》まで馬方の手を借りる。塩俵は馬の背中に四俵、腹回りに二俵、合わせて六俵を括りつけ、五泊六日の行程だ。

東は甲州街道を笹子《ささご》峠、小仏《こぼとけ》峠と二つの峠越えで、四日かけて武蔵国八王子《むさしのくにはちおうじ》に運ばれる。

八俵の塩叺を積んだ荷車が塩蔵「大原屋《おおはらや》」の入り口に横付けされた。

鰍沢には二十四軒の塩蔵があり、大原屋は一番の大店だ。

前掛け姿の番頭が大福帳を手にして待ち構えている。

隣に立つのは粂だ。

鰍沢周辺の小作農の子どもは、十五歳を過ぎると舟運の船頭になるか駿河湾沿いの漁師宅に乗り子として船に乗るために家を離れる。粂のように小柄で体が細い男には乗り子も船頭も務まらない。

塩蔵に持ち込まれた塩を叺から俵に入れ替えする小揚げの仕事は、体格とは関係ないから粂にとっては天職だ。

大原屋には常に十人前後の小揚げが働いている。

長いこと大原屋に奉公している粂は小揚げ頭の立場にある。

ここで働く女衆のほとんどは、亭主の居ぬ間に働きに出る船頭の女房たちだ。

捩《ねじ》り鉢巻きの塩仲士が荷車から塩叺を担ぎ上げる。

「奥の方から積んでもらえるかな」

番頭の指示が飛ぶ。

続いて二台目の荷車が到着した。三台目も続いている。

「今日は、合わせて九十と聞いてるけど」

そう言いながら番頭が運び込まれる叺の数を数える。

「一つ二つ……」

数え方は慎重だ。

九十俵の叺は天井に届くほどの高さまで積まれる。

「数字通りだ。粂、後はいつもの塩梅で頼むぞ」

それから付け加えた。

「馬方の出立は朝一番だ。仕事は夜鍋になるだろうから、晩飯はこちらで用意させてもらうよ」

番頭は粂にそう言い置くと棟続きの母屋に戻った。

番頭の背中を見送った粂が、叺を床に下ろしながら言った。

「そういうことだ。早いとこ取り掛からねえと夜中になっても終わらねえど」

運ばれた塩は竹原塩《たけはら》（安芸国《あきのくに》）、波止浜塩《はしはま》（伊予国《いよのくに》）、赤穂塩《あこう》（播磨国《はりまのくに》）など瀬戸内《せとうち》産のものだ。少量だが地元の由比《ゆい》、蒲原《かんばら》など駿河湾沿岸で採れたものも含まれている。

叺の表面に産地が書き込まれているから分かりやすい。

塩蔵の床は中央に直線で幅二寸深さ二寸の溝が切られている。

その床上に半分に割った青竹の表皮を上に向けたものを、隙間なく敷き詰める。これをすると、水分を含んで溶けだす苦汁《にがり》が表皮を伝わって溝に流れ込む。苦汁は豆腐などを固めるときに使われる貴重品だ。一か月の作業で一斗（十八リットル）樽一本の苦汁が溜まる。

積まれた叺を床に下ろす。産地に関係なく紐《ひも》を解く。

塩が次々床にぶちまけられる。

ここからが小揚げの仕事だ。

「掻き混ぜやすいよう、なるべく平らに広げてくれよ」

粂の指示が飛ぶ。

粂が床の塩を掌《てのひら》に載せ、指で縒《よ》って粒の違いを確かめる。

竹原のものは目が粗くて辛い。赤穂のものは目が細かくて辛味が少ない。由比や蒲原のものには黄色味が強くて辛味は少ない。

粂はそれを知っている。

「同じ塩でも、どうしてこんなにも違いがあるのかなぁ」

そういって首を捻《ひね》る。

広げられた塩は、小揚げが手にする鋤《すき》で丹念に搔き混ぜられる。

「今日は赤穂が少なく竹原と由比ものが多い。ちゃんと搔き混ぜて均一にしねえと、塩尻の塩会所で文句が出るからな。余計な難癖は聞きたくねえからよ。心して混ぜてくれ」

粂の指示に口を挟むものはいない。

一度に解く叺の数は五俵とする。多すぎると満遍なく混ざらないからだ。混ぜられた塩を俵に詰める。俵に焼き鏝《ごて》で印を押すのは粂の役目だ。塩尻には越中《えっちゅう》や越後で採れた塩も運び込まれる。

焼き印を押すのは生産地の混乱を避けるためだ。

一刻半ほどが過ぎている。番頭が握り飯と梅干と白菜の漬物の入った大きな笊を下げて入ってきた。

「さあさあ、皆さん晩飯が用意できましたよ」

麦飯の塩おにぎりが各自に三個ずつだ。

塩にまみれた手を前掛けで払うと握り飯にかぶりつく。

漬物と梅干が食欲をそそる。

塩の詰め替え作業はそれぞれの頑張りで五つ半（午後九時）には終えた。屈《かが》んだ姿勢で仕事を続けた小揚げたちは曲がった腰に塩まみれの手を添える。それから背伸びをする。決められた動きのように誰もが同じ仕草で体を伸ばす。

夜空を見上げると雲の合間に半月が浮かんでいる。

番頭が姿を見せた。

「ようやくですが、終わりましたんぜ」

粂の報告に番頭が積まれた俵を数える。それから頷いた。

「終わりが時間通りだ。みんなご苦労さん」

一度蔵を出た番頭が丸桶を下げて戻った。

湯飲み茶碗の入った笊を片方の手に下げている。

「仕事疲れの一杯を用意させてもらったから」

「番頭さん、いつも悪りいですね」

粂が頭を下げる。

「飲みすぎちゃ明日の仕事に差し支えるから、これくらいの量で我慢してもらうよ」

桶に入っているのは濁酒だ。

「鍵だけは忘れないでおくれ。明日もまた頼むよ」

粂に鍵を渡すと番頭は蔵から出て行った。

「さてと、みんなでお疲れさん会だ」

積み上げた俵を床に下ろして車座に並べる。

真ん中に転がした二俵の俵が卓袱台《ちゃぶだい》代わりだ。

そのとき入り口の格子戸が開いた。

月明かりを背に男が立っていた。

「明かりが点いているから寄ってみたんだ」

蔵に足を踏み入れた男は顔に百足疵がある。

「あっ、安五郎《やすごろう》さん」

下膨《しもぶく》れの顔をした女が男の名前を呼んだ。

「この前してくれた、清水湊の話の続きを聞かせておくれ」

「駆け落ちした二人が海ん飛び込んだ、って話か」

下膨れの女の言葉に、安五郎と呼ばれた男が得意気だ。

「そうそう、それで女だけが助かったってやつだよ」

安五郎に気に入られたいのか、下膨れが甘ったれた声を出した。

「滅多《めった》なことじゃ喋《しゃべ》れねえよ」

下膨れが安五郎に湯飲み茶碗を渡した。

粂がお磯の茶碗を見た。

「どうしたんだ。お磯さん、今夜は進まねえじゃねえかい」

「駄目だよ。今日はうちのが帰って来るかもしれねえから」

「そうか、だったら早く帰らなくちゃ」

そう言って粂はお磯を送り出した。

お磯の背中を見送った下膨れが安五郎に視線を移した。

「うちのは、今日出掛けたばかりさ」

そう言って安五郎に流し目をくれる。

それから安五郎の茶碗に濁酒を注いだ。

「これは久遠寺《くおんじ》の住職に聞いた話よ」

軽妙な口調に下膨れの口元が緩む。

「戦国時代、駿州今川《いまがわ》が甲州武田《たけだ》に戦術として塩止めの策を取ったんだ」

粂が神妙な顔をして頷く。

「塩がなければ生きちゃいけねえ。武田は慌てた。ところが宿敵でもある越後の上杉謙信《うえすぎけんしん》は日本海の塩を送ってくれた」

「敵に塩を送るたぁ、そういうことか」

これは粂の言葉だ。

「そうかもしれねえ。どんなに強がったって人間は塩がなくちゃ生きてはいけねえ。それくれい大切なもんさ」

下膨れは感心しきりだ。

壁の塩俵が燭台《しょくだい》の明かりに照らされている。


お磯は石垣の積まれた角を曲がった。家の中から黄色い明かりが洩《も》れている。お磯は姉さん被りの手拭を解き、それから足を速めた。

「あんた、帰ったんだね」

玄関を開けた。底のすり減ったアシナカ（船頭の履く踵の部分のない草鞋）が土間に並んでいる。音が聞こえたようだ。髭を伸ばし放題の佐平次が上がり框《かまち》に出てきた。

「小揚げの帰りは、いつもこんな時間になるのか」

佐平次の呂律《ろれつ》が回っていない。

「今日は九十俵も仕事があったからだよ」

「それで、終わった後に一杯やってきたと」

「みんなは飲んでいるけど、あたしゃ飲んでないよ。あんたが帰ってくるのを知っていたから」

お磯は草鞋を脱いだ。卓袱台の上に作り置きしておいた南瓜とイモの煮転がしが半分なくなっている、酒の入った茶碗がその横に置かれている。

「こんな時間に……。女衆も一緒か」

「そうだよ、どうして……」

お磯は怪訝な顔をした。

「あんた、お腹《なか》空いているでしょ」

お磯は、佐平次の帰りを見越してすいとんを用意していた。

竈に火を点け鍋のすいとんを温める。

「お前も、一杯どうだ」

佐平次から酒を勧められることはあまりない。

お磯は湯飲み茶碗を持った。

「みんな、蔵に残って飲んでるんだろ」

佐平次の視線が疑わし気だ。

「そうだよ。番頭さんが差し入れてくれる振舞酒さ」

「飲むのは、蔵の仲間内で」

「他所の隣の蔵で働く人っちも、来ることあるよ」

お磯が軽い口調で答える。

「他所の蔵って言えば、喜久さんなんかも来ることが……」

お磯は顔を歪めた。

「どうしたの。今夜は……」

「いや、何でもねえ」

お磯は手にしている湯飲み茶碗を卓袱台に置いた。

「小揚げの仲間以外に、他の連中が来ることもあるのか」

佐平次は煙管に火を点けた。胸の内を知られたくないためだ。

「うちは大所帯だからそんなにないけど、他の蔵は米仲士とか小船頭が遊びに来ることがあるみたいだよ」

すいとんの鍋が煮えこぼれている。お磯が台所に立った。

お磯の背中を見ている佐平次は妙な胸騒ぎを覚えた。

「春あたりに、清水湊から来たという顔に斬り疵のある男を知っているか」

お磯は少し首を傾げながら頷いた。

「その人って、粂さんと仲のいい」

「そりゃ、知らねえけど」

佐平次は言葉を濁した。

「安五郎さんじゃないかな。横浜《よこはま》とか上方《かみがた》の事情に詳しいから話が面白いって、小揚げ仲間には人気者なんだから」

佐平次の眼光が一瞬光った。

「どうしたのよ、急に深刻な顔をして」

「い、いや、何でもねえよ」

「あたしのこと、何か疑っているの」

「えっ、そんなことはねえ」

佐平次は慌てて打ち消した。

河岸から二里ほど離れた山間の村、十谷《じゅっこく》で生まれた佐平次とお磯は幼馴染《なじ》みだ。百姓をしても猫の額ほどの田畑では年貢を取り立てられると暮らしは成り立たない。佐平次とお磯の父親は同じ年で、十五歳を迎えると揃って船頭の道を選んでいた。佐平次は次男坊で長男は清水港に沖仲士として働きに出ている。佐平次はその兄から無宿者や股旅《またたび》が集まる沖仲士たちの生活を聞いている。

お磯は十五歳で小揚げの仕事に就き、村の娘仲間と河岸の近くの一軒家で共同生活を送っていた。小揚げと船頭。

十谷生まれの二人は幼馴染みとして出会い、所帯を持った。

所帯を持って七年経つが子どもはいない。

「あんたたちだって岩淵や途中で寄る船宿で、博打を打ったり酒を飲み回ることだってあるでしょ」

頰を赤くしたお磯が僅《わず》かな反撃に出た。

「そりゃ……」

「だもの、あたしたちだって……」

そう言われると返す言葉がない。

三

岩淵は東海道を往き来する商人や旅人で賑わっている。

上がり荷を待ち受ける船頭たちは、鋭気養いとばかり晩飯を腹に詰め込むと赤提灯《あかちょうちん》の掛かる店に繰り出す。

「酒飲み競争」と言う奇習が船頭にはある。仲間内で茶屋を次々と飲み歩くものだ。一軒目で一杯、二軒目になると二杯、三軒目で四杯、五軒目になると八杯と梯子酒《はしご》をする。誰が最後まで潰れることなく頑張れるか。気分が悪くなって吐く者、暴れ回る者など馬鹿気た競争だ。

晩飯を終えた梅吉と文次郎が外に出る支度をしている。

佐平次が声を掛けた。

「おい、馬鹿な飲み方をするんじゃねえど」

「へい」

「加減をして飲まねえと、明日からの仕事に差し支えるからな」

梅吉と文次郎は心ここにあらずだ。

二人は跳ねるような足取りで宿を出た。

佐平次は宿の並びにある茶屋に竜太郎を誘った。

店には船頭や米仲士の放つ汗の匂いが充満している。

注文した濁酒が運ばれてきた。

女の酌を断って佐平次が竜太郎の猪口に酒を注いだ。

「この前の清水湊の男のことだけど……」

佐平次がそれを口にすると、竜太郎が待っていたように受けた。

「俺も、どんな男か当たってみたんで」

佐平次が半身を乗り出す。

「で、どうだった」

「安五郎という男で、話題が豊富で喋らせたら一刻でも二刻でも喋りっ放しだそうで」

佐平次は一言も聞き漏らすまいと両耳をそばだてた。

「酒がめっぽう強くて酒の勧め方も上手なもんだから、小揚げの女衆も喜んで集まって来るちゅうことで」

「で、住まいは」

「駿州往還と交差する南川の川沿いを上流に二町ほど上がった、大法師山の麓に建つ四軒長屋の一番東側の部屋ということで」

佐平次が竜太郎の猪口に酒を注ぎ足した。

「てことは、塩蔵が並ぶ場所からは遠くはねえな」

窓の外に目をやる。満天の星が煌めいていた。

「喜久さんも……」

佐平次はそこまで言いかけて口を噤んだ。

それを察した竜太郎は深追いすることを避けている。

佐平次は酒が残る銚子を竜太郎の前に置くと立ち上がった。

「親方、どこに……」

「いや、ちょっと用を思いついて……」

店を出て最初の角を曲がると東海道《とうかいどう》だ。

この時間は人通りもある。

土産物屋、古着屋、煙草《たばこ》屋など軒を並べている。

佐平次は古着屋の暖簾を押した。

衣紋《えもん》掛《か》けに吊された女物の晴れ着や、藍色の地に松と鶴を白抜きにした裾模様の小袖。

繻子《しゅす》の黒帯。色とりどりの襦袢《じゅばん》が雑貨に交じって店を埋めている。

「どうしたんで……」

帳場で巾着《きんちゃく》を広げる佐平次の後ろに竜太郎が立っていた。

「いつも女房に寂しい思いをさせているもんだから、土産よ」

「親方が、お磯さんに土産を」

「そうだよ、何か可笑しいか」

「い、いいえ、そんなことはねえですが」

買い求めた品物は古着屋の計らいで唐草模様の風呂敷に包まれた。


鰍沢に着いた佐平次は、船頭たちとのご苦労さん会もそこそこに切り上げた。

玄関に立つとお磯が帰っていた。

「あたしもさっき帰ったとこ」

佐平次はアシナカを脱ぐ前に風呂敷包みを出した。

「お前に、土産だ」

「えっ、何?」

お磯は風呂敷を佐平次の手から引《ひ》っ手繰《たく》るように取った。

「一枚くれえ、洒落物の着物があってもいいと思ってよ」

お磯は富士額で唇が厚く頬の膨らんだ福顔だ。

その顔が目尻を下げて弾けるように笑った。

「東海道の通りにゃ、色々な店が並んでるんだ。着物が吊された店を覗いたらお前に合うと思ったのがあったからよ。松と鶴の組み合わせとくりゃ縁起がいいずら」

包みを解くお磯の指は子どもが玩具を与えられたように弾んでいる。

小袖を広げると鼈甲《べっこう》の櫛《くし》と笄《こうがい》も入っていた。

「少し派手目だけど、祭りに着るにゃいいと思ってよ」

お磯は白襦袢を小袖に重ねてみた。

「ちょっと派手だよね。あたしに似合うかしら」

「似合うか似合わねえかは、着る者の気持ち次第ずら」

こんなに喜ぶお磯の顔を見たのは久しぶりだ。

鰍沢では春と秋口に八幡神社《はちまんじんじゃ》例大祭りがある。若衆の担ぐ神輿《みこし》が出ると、山車《だし》の上で笛や太鼓が奏でる「鰍沢ばやし」が鳴り響く。

街道筋に出店が並び、老若男女が着飾って繰り出す。

この日ばかりは無礼講だ。縁結びの祭りとも言われ、近所の若衆の出会いの場となる。闇夜に連れ立ち、契りを交わして所帯を持つ者も少なくない。誰もが心をときめかせて迎える祭りだ。

「祭りで着たら、みんながおみゃぁを振り向くぞ」

「そうずらか」

そう言ったお磯の頬がぱっと赤く染まった。


捩り鉢巻きを結んだ佐平次は祭り半纏に袖を通した。

どうしたことか、お磯はあんなに喜んでいた着物を着る素振りを見せない。唐草模様の風呂敷は結ばれたままだ。

「早いとこ着替えろよ」

畳の上に座り込んだお磯は動かない。

「あの着物、水洗いしたもんでしょ。細かい皺が寄ってるんだもの」

「古着屋から買ったもんだから、そりゃ当たり前だろうが」

お磯は遠い目をして言った。

「舟の揺れで女の人が川に落ちて流されると、流れてきた女《ひと》を拾い上げた船頭が身ぐるみ剝《は》ぎ取って、そのまま流してしまう。剝がした着物は水洗いしてから乾かし、岩淵界隈の古着屋に持ち込む。そんな話を聞いたことがあるから……」

「誰に、そんなことを」

「安五郎さんだよ」

佐平次の脳裏に百足疵の横顔が浮かんだ。

「あたし、この着物要らない」

佐平次は、床に置かれた着物の包みとお磯の顔を交互に見た。

「こんな着物を着たら、成仏できずに彷徨《さまよ》っている仏さんの魂が乗り移りそうで気味が悪いんだよ」

お囃子《はやし》の賑やかな音色が街道の方から聞こえてきた。

雪駄を履く佐平次の背中にお磯が言った。

「お祭りに行く気分になれないから、あたし留守番してる」

佐平次は怒鳴る気力も失くして玄関を出た。

四

佐平次が船頭になって二年程経ったときだ。

岩淵に到着した。船宿に荷物を置いて外に出た。

渡船の船頭が艪《ろ》を肩にして歩いて来た。

「素っ裸にされた女の土左衛門《どざえもん》が、今しがた流れ着いたんだ」

それを聞いた船頭たちが河岸に向かって走りだした。

女の素っ裸。佐平次も好奇心に後押しされ河岸に走った。

言われた通りだった。土左衛門を米仲士や船頭が囲んでいる。

桃割れ髷を結っている。小さく膨らんだ乳房。水膨れで歪んだ顔。その骸《むくろ》が西陽に照らされ艶《なま》めかしく輝いていた。

急流や石に引っ掛かりながら流れてきたとしても、着衣が一枚残らず流れてしまうはずはない。流されてきた女は、激流が渦巻く難所で間違って舟から振り落とされたか、悪党の集団に悪戯されて川に放り込まれたかのどちらかだ。

それだけでは終わらない。川に流された骸は誰かの手によって引き揚げられ、着衣を剝がされ再び川に放り込まれる。そんなところだ。

駆け付けた船番所の役人は二人の人足を連れていた。

「ちぇ、またか。しょうがねぇなぁ」

慌てる様子も見せない。

取り囲む見物人には目もくれない。

「あっちの高台に、穴を掘って埋めておけ」

顎をしゃくって命令すると両手を広げて人払いした。


佐平次が七年の年季を終え、親方となったばかりの梅雨入り前のころだった。

上がり荷を積んだ佐平次の舟が身延の津出場に差し掛かった。

激流の中で、藁人形に似た細く長いものが浮かんだり沈んだりしながら流れてきた。近づくと長い黒髪が水の中で揺れている。

佐平次は押上棒を摑むと膝まで水に浸《つ》かり、胴体の向こうに棒を伸ばして流れるのを止めた。それから竜太郎に手を借り引き寄せた。

黒髪を横に除けると女の顔が天を睨んでいた。

胸が膨らみ、開かれた股間の黒い茂みも岩淵で見た土左衛門と同じだった。佐平次も三人の船頭も顔を背けた。

引き揚げたところでどうすることもできない。

佐平次が女の両目を閉じると、竜太郎が両手でその骸を流れに押し戻した。流れる骸に向かい四人は両手を合わせた。

「後味が悪すぎるよ、あんなものを見ちゃって」

梅吉が吐き捨てた。

次の津出場までの半刻、誰も口を開く者はいない。

その夜、南部《なんぶ》の船宿に着いた佐平次が船頭たちの晩飯となる米袋を台所に運んだ。先に着いていた船頭と飯炊き婆さんが竈の前で向き合っていた。羽釜《はがま》が掛かった二口竈で薪が威勢よく燃えている。

「最近、実入りのいい余禄《よろく》にありついたかえ」

婆さんが煙管を咥《くわ》える船頭に話を向けた。

「駄目だよ。ここんとこ、余禄にゃとんと縁がねえや」

竈の火を覗きながら船頭が答えた。

「雨でも降って水嵩が増さないと、舟も揺れないからねえ」

舟運で起こる事故を待っている口調だ。

岩が両側から迫り出す舟運にとっての難所は、水嵩が増すと急流となり舟が渦に巻き込まれる。笹舟のように揺られる舟は横倒しだ。

そうなると積み荷もろとも乗船客も投げ出される。

流れに慣れている船頭たちは自力で岸に泳ぎ着くが、女子衆は誰かの手を借りないと岸に泳ぎ着くのは至難の業だ。

無情だが落ちた客には手の施しようがない。

「余禄にありつくにゃ、上等なおべべを着た女子じゃないとな」

二人の会話は女子衆の品定めにまで及んでいる。

「流れた仏を見つけるのは、早いもの勝ちだからねぇ」

「そりゃそうだ。こればっかりは運の問題よ」

釜の蓋《ふた》がぷくぷくと音をたて湯気を噴き出している。

飯が炊き上がったようだ。

「あんたらがいい仏を拾ってくれたら、あたしだって余禄のおこぼれにあずかれるんだから」

婆さんがにやりと目尻に皺を寄せた。

船頭たちが持ち込む濡れた着衣は船宿の婆さんの手に渡される。

婆さんは簡単な水洗いをして物干し竿に吊す。

翌朝、衣装は半乾きでも風呂敷に包んで婆さんから渡される。

婆さんはそのときに受け取る心付けの駄賃《だちん》を楽しみにしている。

五

師走を迎えた鰍沢。細かい粉雪が風に揺られて舞い落ちる。

佐平次は馴染みの店「羽衣」の格子戸を開けた。

兵庫髷《ひょうごまげ》を結った仲居が肩についた粉雪を払ってくれた。

「馬さんも来てますよ」

そう言って壁際の席を指差した。馬之助も気がついたようだ。

右手を上げた顔が笑っている。

佐平次も小さくそれに答えた。馬之助の長い顔で百足疵の男の顔が浮かんだ。あのとき粂とあの男が陣取っていたのは佐平次が通された隣の席だ。目尻に皺を寄せ、うすら笑いを浮かべていた二人の会話も生々しく蘇《よみがえ》ってきた。

百足疵の言っていたことを口にすべきか黙っているべきか。

「ここも空いているけど……」

馬之助が自分の正面の席を指差した。

隠し事があれば相手を正面から見ることが苦手な佐平次は、馬之助の誘いに躊躇《ちゆうちよ》する。

舟運は水量が上がって川留になる以外にも、雨や雪で視界が悪くなると出立を見合わせる。佐平次も馬之助も出立する予定が雪のために中止になっていた。時間を持て余しての昼酒だ。

寒さで鼻の頭を赤くしている佐平次に馬之助が猪口を握らせた。

「こう寒くちゃ、体の中から温めなくちゃどうしようもねえや」

勧められた猪口を呷《あお》る。熱燗《あつかん》が腸に滲《し》み渡る。

二本並んだ銚子の一本が空になった。

「春先までは雪が降ると前方が見えなくなる。岩場に突っ込んだら舟が引っくり返ってお陀仏《だぶつ》だ。俺たちの稼業も命懸けですね」

佐平次を兄貴分と慕う馬之助は言葉も丁寧だ。

「相談する話でもねえですが」

馬之助の声が急に細くなった。

「どうしたんで……」

「小船頭の野郎が生意気で言うことを聞かねえんですわ。首にしたいけど、新しいのがすぐに見つかるわけでもねえですし、どうしたらいいかと」

短気な馬之助の性分を佐平次は知っている。

小船頭が口答えするより先に馬之助の手が出たのかもしれない。

親方になると船頭に対する不満は常に頭を痛める問題だ。

三本目の銚子が空いた。

格子戸の窓に目を向けると粉雪が牡丹《ぼたん》雪に変わっている。

「舟が着かねえんだから、小揚げの仕事もひと休みだ」

佐平次は家で退屈しているお磯の広い額を思い出して言った。

馬之助が神妙な顔をした。周囲を見回す。それから床几越しに長い顔を近づけた。

「じつは、言いにくいことが……」

細い目をまた細くした。

「え、どうしたんだい」

佐平次の視線を避けるように馬之助は天井を見上げた。

ひとしきり天井を睨んでから佐平次に顔を向けた。

「お磯さんのことで」

一呼吸間が空いた。

「え、お磯がどうしたと……」

「お磯さんが、安五郎という男のところに……」

馬之助の口から出たのは、佐平次が胸の内に仕舞っている馬之助の女房の心配事と同じだ。佐平次の脳味噌がぐるぐる回った。

言葉が出ない。

「それは本当か」

「確かだと思います。安五郎の住む長屋の大工の女房が、遅くにお磯さんの姿を見たということで」

お磯は仕事の後の酒盛りには顔を出す。そう言っていた。

その流れで……。

お磯の厚い唇が目の前に広がった。

「分かった。そのことは内緒にしておいてくれねえか」

「へい」

佐平次は立ち上がった。

「親方、余計なことを言っちまったようで」

「そんなことはねえ。こりゃ夫婦の問題だ」

喉仏まで出かかった、喜久のことは口に出さず店を出た。

玄関を開けると薪の燃える囲炉裏端でお磯が針仕事をしていた。

「あら、顔を赤くして。昼酒なんてめずらしいこと」

佐平次はそれには答えずお磯の横に立った。

「どうしたのよ、あんた」

怪訝な顔で見るお磯の腕を佐平次はむんずと摑んだ。

「ちょっと来い」

乾いた声になっていた。お磯は呆気《あっけ》に取られている。

佐平次は引きずるように閨《ねや》に連れて行った。

「あんた、まだ外が明るいよ」

それには答えない。お磯を布団に横倒しにした。

お磯の帯を解いた。長着の下の襦袢を両側に分けた。

その割れ目に指を這わせた。そのままお磯の体に突進した。

「どうしたのよう、あんた」

お産の経験のないお磯の肢体《したい》は滑らかで余分な肉がない。

体を捻って抵抗を見せたお磯も、佐平次の動きに合わせ緩やかに反応しはじめた。お磯の指の爪が佐平次の背中に喰い込んだ。

「あ・ん・たぁ……」

絹ずれのような細い声がお磯の喉から洩れて出た。

雪がやんだのは次の日の昼過ぎだった。

この日も、昼間から佐平次はお磯の体を開いた。


その翌日、佐平次は米俵を積んだ高瀬舟の舳先に立っていた。

岸から押し出された高瀬舟が流れに乗った。

舳先が流れを切り裂く。飛沫が上がる。飛沫を見ているとお磯の温かく湿った白い肌が思い出された。そこで終われば始末はない。

百足疵の男の顔がお磯の肌に重なって水面に揺れた。

佐平次は何度も首を左右に振るがまた百足疵が現れた。

岩淵の船宿で晩飯を終えた佐平次は竜太郎を誘った。

あたりは二日続いた雪で一寸ほどの雪が積もっている。

「親方、馬さんにはあのことを言ったんですか」

竜太郎も気になっている様子で訊いて来た。

「いや、二日前に昼酒をしたけどそれだけは言わなかった」

「その方が良かったです。馬さんがあんなことを知ったら黙っている人じゃやねえですから」

竜太郎も馬之助の短気を知っていた。

「親方も余計な短気を起こさないでくださいよ」

それを言われた佐平次は一瞬顔から血が引くのを感じた。

――まさかお磯と百足疵のことを知っているのでは――

そうではなかった。

文次郎が話していた黒沢河岸の船頭が牢屋にぶち込まれた話を思いだしたかららしい。

「俺は、まだ親方の舟に乗りたいですからね」

「まさか俺が……」

「い、いいえ、そんなことはないと思いますし、そんなことはしないでくださいよ」

佐平次は複雑な気持ちで竜太郎の言葉に頷いた。

鰍沢に戻った佐平次はいつもの一膳飯屋に船頭たちを誘った。

船頭たちの目の下の隈を消してやりたい。

そんな親心からだ。

店は船頭仲間や馬方でおおかた埋まっていた。

「狭いですけど……」

常連の好《よしみ》で兵庫髷の仲居が佐平次たちに席を空けてくれた。

腰を下ろしたところで背中を叩かれた。

馬之助が、長い顔を崩して笑っていた。

「あいつが殺られたそうで」

佐平次は何のことなのか見当がつかない。

「えっ、あいつって誰が……」

猪口を握ったまま馬之助の顔を見た。

「安五郎ですよ。あいつの住んでいる南川の長屋で、夜中に何者かに襲われて血まみれになってこと切れていたそうで」

竜太郎が立ち上がった。

「それは本当で……」

「間違えねぇ。南川じゃ、役人が来て大騒ぎだっていうから」

馬之助は佐平次の仇を取ったような勢いで、安五郎の殺され方の凄惨《せいさん》さを口にした。佐平次は黙って馬之助の話を聞いていた。

「そうかい、そんなことがあったんだ」

何の反応も示さない佐平次に馬之助は拍子抜けした顔をした。

いつの間にか降りはじめた雪が店先に二寸ほど積もっていた。

船頭たちと別れた佐平次はお磯の待つ我が家に向かって歩いた。

塩を運ぶ船頭。運ばれた塩を俵に詰める小揚げ。

佐平次の胸の中には、お磯に対する不信とごった煮のように整理のつかない情とが入り混じり、足取りを重くしていた。

雪の中に足を止めた。空を見上げた。

降りしきる雪が容赦なく佐平次の顔に落ちてきた。

雪が目にも口にも凍《し》みてくる。

百足疵が居なくなった。

それでも佐平次の頭の中にはあの疵が残っている。

「船頭なんてなぁ、因果なもんじゃねえか……」

我が家の灯《ひ》が目の前に近づいていた。

三　牛窓《うしまど》職人・嘉助《かすけ》

一

ここは富士川舟運の終着地となる岩淵の河岸だ。

幕府の命で橋の架からない富士川は東海道を寸断させている。

川を渡るには渡船を頼るしか方法はない。渡船を待つ客や舟運の船頭が使う船宿が、街道から一筋入った小径《こみち》に軒を並べている。

それらの客を見込んだ一膳飯屋が、夜になると赤提灯を灯《とも》す。

嘉助とお鶴《つる》夫婦の一膳飯屋「牛窓」は、舟運の高瀬舟が舳先を並べる河岸から一町ほど下流に下った場所にある。

道を挟んだ店の前が対岸とを結ぶ渡船の乗り場だ。

「酒とめし」

白地に紺で染め抜かれた幟が風に揺れている。

「あと三人だ、乗り手がいねえなら出ちまうぞー」

長閑《のどか》な青空に船頭の嗄《しわが》れた怒鳴り声が響き渡る。

お鶴は渡船の客が飲み残した甘酒の茶碗を片付ける。

甘酒を注文したのは、背嚢《はいのう》を背負ったお伴の男を連れた二人の女子だった。島田髷に手《てっ》甲《こう》を着け襦袢の上に小袖を羽織った女が握る力杖には身延山のお札を付けていた。

身延山・久遠寺への参拝帰りだろう。

飲み口に残った紅《べに》は、お鶴が使ったこともない鮮やかなものだ。

富士額で丸く膨らんだ唇を持つお鶴は、百姓をする両親の手伝いをしていた娘のころから村でも評判の器量よしだった。

紅でも塗れば男を虜《とりこ》にすること間違いなし。内心そんな自惚《うぬぼ》れを持っていたが、紅が手に入る家とは縁遠い人生を送ってきたから、渡船乗り場に向かった二人を思い出すと無性に腹が立った。

茶碗を盆に載せると渡船場に目を向けた。

舟は船頭の漕ぐ艪によって静かに岸を離れる。

「気をつけるんだよ」

「おう、またすぐに戻ってくるけぇ」

お鶴の声に、艪から手を離した船頭が右手を上げた。

茶碗に紅を残した二人の女子も同時に手を振った。

お鶴はそれには応じず、ぷいっと背を向けて店の中に入った。

訳も分からず癪《しやく》にさわったからだ。

「おかみ、空いてるかい」

待ちかねたように掠《かす》れた男の声がした。振り向くと陽に焼けた四人の男が立っていた。藍色の半纏の下に紺の腹掛けと浅葱《あさぎ》木綿の股引は、御廻米《ごかいまい》を積んで岩淵に着いた馴染みの船頭だ。

「どこに座ればいいのかな」

「空いているところにど・う・ぞ」

鬚面の親方がお鶴の顔を覗き込んだ。

「どうしたんだよ。今日はいやに愛想がねえじゃねえか」

お鶴はプイッと横を向いた。

「あたしだって、気分が悪いときもあるさ」

「気分が悪りいのは、俺達も一緒よ」

お鶴の言葉をまぜっかえすように親方が返した。

「こんなに早い到着というのは、何かあったのかい」

お鶴の声が機嫌を取る言葉に変わっている。

「途中の船とり岩で、突っ込んじまってよ」

鰍沢から岩淵まで十八里ある富士川は、途中に流れが渦巻く急流や屛風のような大きな岩が突き出ている難所が何か所もある。

親方が言った〝船とり岩〟は岩淵から七里ばかり上流の南部町の難所だ。川の真ん中に岩が突き出て、増水するとその岩を流れが隠すから、舟が知らずに突っ込むと舟底が岩に突き上げられる。

舳先を擦る程度ならたいしたこともないが、舟底から乗り上げると舳先が宙に浮いて舟が横倒しになる。そうなれば船頭も積み荷もろとも放り出される。船頭仲間が、船とり岩と呼ぶのはそんな怖さのある岩だからだ。

「でも、積み荷は無事に河岸に下ろしてきたんでしょ」

「底割れはどうにか免れたけど、擦った舳先が曲がったもんだから積み荷が崩れないよう騙《だま》しだまし下ってきたのよ」

これは押上棒を持って舳先に立つ親方の不手際だ。

「あそこに突っ込んだら、ほとんどの舟はバラバラになって命まで落としかねないって聞いてるよ。四人がこうして立っているんだから、それだけでもめっけもんずら」

生きているだけでも感謝しろ。それがお鶴の言い分だ。

「おかみに言われちまやぁ……その通りよ」

親方の機嫌は直ったようだ。

「腹が減ったから飯だ。それから酒」

「濁酒と、鰯《いわし》の煮物でいいのかえ」

「ああ、早えとこ頼む」

お鶴は板場に向かって注文を伝えた。

「あいよ」

板場から返ってきた威勢のいい返事はお鶴の亭主の嘉助だ。

親方の音頭ではじまる酒盛りは、明日からはじまる過酷な上げ荷に対しての景気付けの意味を含んでいる。

それにしてもいつもの盛り上がりがない。

髪を後ろに束ねた瓢簞《ひょうたん》顔の半乗りが、濁酒の入った茶碗を床几に置いて親方の前に立った。

「曲がった舳先を金槌《かなづち》で叩いて、針金で縛ったんじゃ駄目なんですかね」

口を曲げた親方が顎鬚を右手で撫でながら答えた。

「番所の役人に、ああ言って釘を刺されたからな」

「どうしても無理なんですか」

瓢簞顔が食い下がる。

小船頭と叺背負いの二人は黙って聞いている。

「俺の失敗であんなになっちまって、お前には本当に申し訳ねえ」

親方は瓢簞顔に向かって神妙に頭を下げた。

西陽に照らされた富士山の山肌が赤く輝いている。

「お前も聞いていたずら。番所に船大工《ふなばんじょう》の紹介を願い出たけど、手が無くて三日か四日はかかるっちゅうことを」

板場から魚の煮つけの甘い匂いが流れてきた。

「お前の言う通りだ。針金で縛って上がりゃ上がれないこともねえけど、番所の役人に釘を刺されちまったからな」

「無理なんですね……」

観念した声になっている。

親方はバツの悪さを隠すように渡船場に視線を逃がした。

上がり荷を鰍沢まで引き揚げるには、川の状態にもよるが通常は五日から六日はかかる。舟の修理の終わりを待つと、鰍沢に着くのは早くても十日後になる。

「俺は出掛けるとき七日で戻る。絶対に七日で戻るから安心してろ。そう言って嬶に約束したもんですから」

親方は苦虫を噛み潰すように唇を噛んだ。

運ばれた鰯の煮物に箸を伸ばすものがいない。

「産婆が言うには、産まれるだろう日が七日後なんで」

見かねたように小船頭が口を挟んだ。

「だったら、独りで行ったら……。急げば二日で鰍沢に着くんだから、お産を見届けてから戻れば四日。直した舟の出立には十分間に合うずら」

横に座る叺背負いが小船頭を睨みつけた。

「馬鹿野郎、行ったはいいが産まれるのがずるずる延びちまったらどうするんだ。そうなったら帰ってこれねえだろうが」

上がり荷は一人でも欠けたら船は動かない。

「俺にとっちゃ大事な子なんで。最初の子は、嬶の腹から出た途端に死んじまった。嬶は病弱なもんで、お産も今度が最後になるんじゃないかって言われてるんで」

瓢簞顔の細い目から大つぶの涙が落ちた。

「お前が産むわけじゃねえだろ」

また叺背負いが口を挟んだ。

「旦那が部屋の外で祈ってやる。そうすりゃ嫁も安心して産むことができる。産婆にこう言われたもんだから」

瞬《まばた》きをした涙目を店の外に向けた。

「とにかく舟の修理を終えなくちゃ、どうにもならねえぞ」

小船頭の声は諦めを催促している。

「みんな飲めよ、それとこれとは別だ」

沈んだ空気を振り払うように親方が酒の追加を注文した。

酒を運んできたお鶴が、瓢簞顔に声を掛けた。

「あんたの奥さん、何歳《いくつ》」

お鶴は板場で会話を聞いていたようだ。

「俺と四歳違いで、二十三ですわ」

「そう、二十三歳かえ」

「所帯を持って三年。こんどこそ無事に……」

「ということは……」

「去年のお産のときは、なかなか産まれてこなくて……産まれたときにゃ駄目だったもんで」

「そう、だったら心配だねぇ」

「おかみ、どうしたんだよ。さっきまでは気分が良いの悪いのと言っていたのに、急にしんみりとしちまって」

親方がお鶴の顔を怪訝な目で見た。

「あたしゃ女なんだから、この船頭さんの気持ちが痛いほど分かるんだよ」

目尻を上げたお鶴の声が挑戦的になった。

「あんたが素っ飛んで帰りたい気持ち、あたしにゃとても他人事《ひとごと》に思えなくてさ」

何を思い出したのか、お鶴は目頭を押さえた。

「おかみ……、どうしたんだい」

お鶴は親方の言葉に応えず板場に駆け込んだ。


お鶴は床に入ると嘉助に背中を向けた。

「おい、どうしたんだ。こっちを向けよ」

嘉助が右手でお鶴の肩を自分に向けた。

お鶴は駄々っ子のように首を振った。

「何か、俺が悪いことでもしたっちゅうのか……」

嘉助が両腕でお鶴を抱き寄せた。お鶴は右手で嘉助の体を離した。

お鶴の首に腕を通した嘉助が再び抱き寄せた。

間近にある嘉助の顔を、お鶴は涙目で睨んだ。

「あの船頭の話を聞いて、思いだしちゃったんだよ」

「何を……」

「お産を控えている奥さんが、二十三歳なんだって」

寝床の横に置かれた行燈《あんどん》の明かりが揺れている。

「だから、どうしたんだ」

博打で盛り上がる怒声が並びの船宿から聞こえてくる。

「せっかく授かった赤ちゃんを……、あたしが亡くした年と同じだったからだよ」

嘉助は行燈の明かりに視線を向けた。

「そう言われりゃ、そうだったな」

「あのとき赤ちゃんが生まれていたら、あたしたちはここにいるのかなぁって、そんなことを考えちゃったのさ」

今度は嘉助がお鶴に背中を向けた。

お鶴は行燈に手を伸ばして明かりを消した。

二人は体に触れ合うことなく寝返りを打った。

「あんたの手で、壊れた親方の舟を直してあげられないもんかね」

「俺が……」

「そうだよ」

闇の中の二人がどちらともなく向き合った。

「涙を流していた船頭の思いを、叶えさせてやりたいのさ」

お鶴が嘉助の両手を握った。

「馬鹿野郎、俺は二度と大工道具は持たねえと言っただろ」

「そりゃ分かっているけどさ……」

お鶴の声が涙声になっていた。

「あの船頭に、元気な赤ちゃんを抱かせてあげたいんだよ。ただそれだけ」

お鶴は立ち上がった。台所の格子窓の外に三日月が浮かんでいる。

嘉助も立ち上がった。お鶴の肩を後ろから抱いた。

二人の目に、三日月が揺れるように映っている。

「分かった、夜が明けたら舟がどんな具合になっているか見に行ってみらぁ」

「本当に……」

振り返ったお鶴を嘉助が両腕で抱きしめた。

「親方は、舳先が曲がっちゃったって言っていたから、それくらいなら俺の手で直せるかもしれねえ……」

「船頭の話、あんたも聞いてたんだ」

「ああ……。台所でそこだけは聞こえたんだ」


夜の明けるのを待った。お鶴は親方が泊まっている船宿に走った。

嘉助は、物置に置いてある道具箱を肩に担いだ。それから高瀬舟が舳先を並べる川岸に向かった。上がり荷を積んだ舟が舳先を並べている。一艘だけ弾き出されるように列から外れたところで小さな波を受けている。黒く塗られた舳先に罅《ひび》が入り鋭角に曲がっている。

振り鉢巻きの瓢簞顔が両手をばたつかせて走ってきた。

親方とお鶴が後に続いている。二人の船頭も後からついてきた。

「これですか？」

「そうだ」

親方が嘉助の足元にある道具箱に目をやった。それから訊いた。

「大将が、何でこんなものを」

嘉助は答えない。

返事の代わりに曲がった舳先を金槌でトントンと何回か叩いた。

真っすぐに直したところで歪んだ箇所に鑿《のみ》を当てた。四尺ある棒板を道具箱から出した。

半分に切ると五寸ほどの鉄の鋲《びょう》と松脂《まつやに》の入った入れ物、それに針金も出した。

用意した二枚の板に松脂を塗る。曲がりを直した舳先に添える。

「外れないように鋲を打ち込んでから、針金できつく巻きますんで両側から押してくれますか」

四人が板を添えられた舳先を両側から押す。

嘉助が動かないように確認しながら鋲を打ち込んだ。

修正された舳先の部分に針金をぐるぐる巻きにする。

「この上に塗料を塗りてえんですが、そこまでは用意がなくて。これなら番所だって修理を終えているわけだから、出立を見送らせることはないはずで」

「どう見ても元通りだ。これなら大丈夫」

瓢箪顔が修理を終えた舳先に手を当てながら嘉助に頭を下げた。

「よかったねえ。早く戻って元気な赤ちゃんを抱いておあげ」

お鶴が自慢気に亭主の顔を見た。

「へい、これで嬶も安心して元気な子どもを産んでくれるにちげえねえです」

取り出した道具箱に道具を戻す嘉助の前に親方が立った。

「大将、船大工の心得をどこで……」

嘉助はそれに応える前に道具箱を肩に担いだ。

「心得なんちゅうもんじゃないですよ」

「いや、鑿の使い方といい持っている鉇といい……何と礼を言っていいか」

親方は整った舳先と嘉助の顔を見比べている。

「親方、礼なんかいらねえですよ。浮気しねえでこれまでのようにうちの店に寄ってくれさえすりゃ。それで相子《あいこ》ですから」

二

波高島《はだかしま》は身延山の富士川を挟んだ対岸にある。

常葉川《ときわがわ》の流れに沿って広がる村の周辺は、晩秋を迎えると山々が紅葉で赤く燃え上がり冬の到来を知らせてくれる。

安政《あんせい》の大地震が起きたのは安政元年（一八五四）の十一月だ。各地で家屋の倒壊や焼失等の被害が多く出た。下田《しもだ》港に停泊していたロシア艦ディアナ号も破損して航行不能となってしまった。

高瀬舟の船大工である嘉助は、お鶴を交えて二人の弟子と昼餉《ひるげ》を摂《と》っていた。侍髷を結った紋付羽織の一本差と奴小袖を段染畳帯《だんぞめたたみおび》で結んだ男が玄関に並んで立った。

市川代官所の役人と徒士だ。

九間四方ある土間は船丁場《ふなちょうば》（船を造る場所）として使われ、自在鉤の掛かる囲炉裏はその奥にある。

「おぬしが船大工の嘉助かな」

奴小袖の声は居丈高《いたけだか》だ。

「へい、わたしが嘉助で」

嘉助は箸をおいて立ち上がった。

骨組みを終えた二艘が玄関に舳先を向けて置かれている。

壁際には舟底に使う樅《もみ》の平板と舳先に組み込む檜の角棒が立てかけられている。

「半月ほど前になるが、大島《おおしま》村の急流で舳先を岩場に乗り上げた遭難船は、おぬしの手で造られた舟ということだが」

そう言いながら作業半ばの高瀬舟に目を移した。

嘉助は得意先の船主から、事故を起こした舟が自分の造った舟であることは知らされていた。

「へい、確かにわたしが……」

この事故が起きた身延町甲斐大島の藪ヶ滝《やぶがたき》は、両岸に大岩が突き出て川幅が狭くなる。狭くなると流れが集中して渦が発生する。そこに舟が突っ込むと、木の葉のように左右に揺さぶられ重心を失う。

竹棹一本を手に舳先に立つ船頭は、岩場に向かって突進する舟の衝突を防ぐため、竹棹を岩に突き立てて舟の進路を変える。

船頭の判断が一瞬でも遅れると舟は岩場に激突する。転覆だ。

十五人が乗り合わせていたこの事故で、十三人は自力で川岸に泳ぎ着いたが二人が流れの渦に巻き込まれた。水を飲んで腹を膨らませ、五町ほど下流の川岸に仰向けになって倒れ、こと切れていた。

辰松風髷《たつまつふう》と本多髷を結った二人は町人風であったが身元が知れない。溺死者は最寄りの寺院に仮埋し死者の特徴を記した札が往還の道端に立てられた。

名乗り出る縁者もなく無縁仏のままで眠っている。

「事故は船頭の経験不足という声もあるが、捨ててはおけぬ噂を耳にしてのう」

役人の声は詰問調だ。

「えっ、一体どんな噂で……」

嘉助の両目が吊り上がった。

「胴間を仕切る三か所の横板を調べたところ、通常の舟より薄かったと」

それは注文を受けた船主の要望に応えたものだった。

「重量を減らすことには腐心しましたが、破船と事故とは関係がないはずで」

徒士が役人と嘉助の間に立った。

「違うとはどういうことだ」

「舟に乗る船頭のことを考えてのもので」

船丁場を眺める役人が嘉助に訊いた。

「半年程前の御廻米の破船事故も、ここで造られたもののようだが」

「へい」

この事故は、下り荷で三十俵の御廻米を積んだ舟が、富士川と早川が合流する屛風岩に突っ込み、乗り合わせていた四人の船頭は岸に泳ぎ着いたが、積み荷が流された。

役人が仕事場を見回した。

「見たところ弟子が二人。高瀬舟を造るには最低でも五人は必要と聞いている。これだけの人数では行き届いた頑丈な舟を造るのは、いささか心もとないと見るが」

役人の声には同情が籠もっていた。

「いえ、それは違います」

「おい、下がれぃ」

徒士が嘉助の襟首を摑んだ。

「もうよい、追って沙汰する」

それだけ言い置くと役人は徒士を従えて出て行った。


代官所の役人が嘉助の家に顔を見せたのははじめてではない。

十五年前のことだ。身延山詣でで上総国《かずさのくに》から来た参拝客が、参拝を終え波木井《はきい》の津出場から乗船した。岩淵に向かう途中の芝川大滝《しばかわおおたき》で舟が横転した。ここは両側から岩が迫り出し広い流れが狭い谷間となって急流になる。釜口峡《かまくちきょう》と言われる船頭泣かせの難所だ。

十名以上の死者を出した舟は嘉助の父親・金蔵《きんぞう》の先代が造ったものだ。

役人は転覆した舟を細部にわたり計測していた。

「通常のものより舳先の高さが三寸足りず、三本の梁の厚さが一寸足りていない。舟の強度が欠けていたのでは……」

役人の質問に先代は丁寧に答えた。

「急流を下る船頭は、板子一枚下に地獄が待ちうけているんです。命を張る稼業だけに、俺たちも迂闊《うかつ》なものは造れねえ」

続けてこう答えた。

「お役人様がお調べになった寸法は確かに間違いねえです」

「では、どうして……」

役人の目の奥が光った。

「わしのところに来る船主は、一にも二にも基準を超えない範囲で軽く造ってほしい。この一点にこだわった注文をされるもので」

「ほう、それは……」

細い声に変わっている。

「三百貫の上がり荷を引き揚げる船頭たちの御苦労を考えると、少しでも舟を軽くしてやりてえ。これは船主が考える親心。それに応えるのが手前らの仕事。強くて軽い舟を造るのが腕の見せ所でして」

船主と船大工の葛藤を役人に示した。

役人は両腕を組んで船丁場を見渡した。

「船主の注文とはいえ、通常の寸法は守れ。こちとら余計な手間は省きたいものでな」

それだけを言い残して帰った。


先代亡き後、金蔵も船番所の言いつけは頑《かたく》なに守った。

複数の舟を持つ船主が金蔵の元に定期的に顔を見せる。

舟運は急流と岩場との格闘で、高瀬舟の寿命は四年。船頭の腕で岩への接触を少なくしても五年がせいぜいだ。

三艘から四艘の舟を持つ船主は、年に一艘は新造船を注文する勘定になる。黒兵衛《くろひょうえ》も四艘の船を持つ船主の一人だ。

「上等な材料で、強い舟を造ってくれ」

金蔵の元に顔を出す黒兵衛の注文はこの一点に絞られていた。

黒兵衛は口先だけの男ではない。船材となる樅や杉材を切り出す樵の元に足を運んでいる。樹齢を重ねた材料を手に入れるためだ。

年輪が細かい船材は、反りや撓《しな》りに長《た》ける。

富士川の川幅と積み荷を勘案して造られる。高瀬舟は全長七・五間（約十五メートル）、舟幅六尺（約二メートル）、深さ三尺。

平底舟で前ばり、中ばり、後ばりと全体が三つの横板で仕切られる構造だ。同じ寸法の舟を造るにも、材質の優れた資材を使うと多少寸法を加減しても、強度は他船に負けないものが仕上がる。

これは金蔵と黒兵衛の共通した認識だ。

嘉助が金蔵の手ほどきを受けることになったのは十三歳のときだ。


定期的に金蔵の元に通う黒兵衛は、湯飲み茶碗を持つと岩淵の賑わいを得意気に聞かせてくれた。岩淵は舟運の終着点だけではない。

東海道を往来する旅人を乗せる渡船場でもある。

「参勤交代も水嵩が増すと渡船が止まるから足止めよ。そうなったら川が明けるまでは待ちぼうけだ」

煙管に火を点けると浮いた話にも事欠かない。

「お伊勢《いせ》参りの娘さんたちときたら、豪華絢爛《けんらん》な衣装で身を固めているから、あれじゃ、途中で追剝《おいはぎ》に遭っても文句は言えねえや」

江戸から流れて来る文化や、上方から持ち込まれる装飾品の豪華さなど黒兵衛の口から出る言葉は、波高島とは何もかもが別世界の出来事だ。

「俺、舟運に乗ってみたいんだ」

嘉助が金蔵に切り出したのは二十二歳のときだ。

船大工として九年の年季を積んでいた。

一人前として認められるには、あと二、三年が必要だ。

息子の言葉に金蔵は顔色を変えた。

「馬鹿野郎。途中でやめるなんて意気地のねえ野郎だ」

嘉助は船大工が嫌ではなかった。むしろ逆だ。

嘉助はその先を見据えていた。

「造った舟がどんな具合に使われているのか。それを知らなくちゃ、使い勝手のいい舟なんか造れるはずもねえ」

そう言われると金蔵は反対する言葉を捥《も》がれた。

一年の約束で黒兵衛に嘉助を預けることにした。


川の流れにもよるが、舟運は鰍沢と岩淵の間を月に三往復が通常だ。当たり前のことだが新米の嘉助は小船頭として雇われた。

上がり荷では体に綱を巻き付けた小船頭が先頭に立つ。

あまりの重量に体に巻き付けた綱が体に喰い込む。太腿《ふともも》と背中の筋肉が引き千切《ちぎ》られるように捩れる。激痛が全身を襲う。急流に差し掛かった。岩に跳ね返された流れが横波として船に襲い掛かる。

舟板が捩れる。捩れて軋《きし》む。軋んで擦れ合う舟板の音が悲鳴のような音となって聞こえる。その音を耳にしながら嘉助は歩を進める。嘉助の肉体は全身が軋み、筋肉が悲鳴を上げている。

舟の軋みの音は流れに対する挑戦ではないのか。

激流に抗《あらが》うのは自分だけじゃない。舟も同様だ。

そう思うと舟の軋みが嘉助に元気を与えてくれた。

体力の消耗が激しい。船宿に着いても喰い物を受けつけない。

胃袋が空になるまで吐きだした。苦い液まで流れだした。

床の上に大の字になった。

「兄ちゃん、どうだ、大丈夫か」

嘉助の横に心配そうな顔をした親方が腰を下ろした。

「親父と約束したことだし、これくらいでへこたれるわけにゃいかねえです」

歯切れのいい言葉に親方は黙って頷いた。

「途中、舟の軋む音が聞こえただろ」

「へい」

船頭たちは車座に座って酒を呷っている。

「組み立てのいい舟ほど、軋みがでかいんだ」

親方は上がり荷を引き揚げているときの顔になっている。

「金蔵さんの造る舟は撓りが強い。その撓りが舟にかかる余分な力を逃がしてくれるわけよ。軋みの強い舟ほど長持ちするんだ」

煙管を取りだした。歯並びの悪い歯の隙間から煙が洩れて出る。

「軋みの強い材料を使えば、わざわざ厚い板を使うこともねぇ。舟が軽けりゃ船頭は楽ができるって寸法よ」

嘉助は金蔵の腕の確かさを改めて知らされた。


筋肉が悲鳴を上げる過酷な船頭を続けられたのは、父親に対する親方の褒め言葉もあったがそれだけではない。最初に波木井の宿に寄った晩、飯を口に入れてもてんで受けつけない嘉助の弱った姿を見ていた飯炊き女の存在だ。

翌朝の出立時、女は嘉助の分だけ野菜粥を用意してくれた。

「駄目だよ、喰わなくちゃ」

そう言って茶碗を持たせてくれた。

女の優しい言葉で嘉助は粥を喉に流し込んだ。

温かい野菜粥が、綿のように力の抜けた体に力を与えてくれた。

女は嘉助の舟が出立するのを川岸で見送ってくれた。

「どうしたんだ嘉助、あの女とは知り合いかい」

嘉助の後ろで綱を引く半乗りに訊かれた。

「い、いいえ、滅相《めっそう》もねぇです」

それから二日後、嘉助たちの舟は鰍沢の河岸に辿り着いた。

天気にもよるが船頭は積み荷を降ろすと二日の休みを取る。

嘉助は二日の休みが惜しかった。休みを取らず舟に乗りたかった。

丸い眸、厚く膨らんだ唇と面長の富士額。

これは嘉助に野菜粥を用意してくれた女の顔だ。


女が働く船宿に二回目に寄ったときだ。嘉助の姿を見ると、足を濯《すす》ぐ水桶に水を汲《く》んでくれた。

「どう、少しは慣れた」

筋肉の軋みは相変わらずだが、その声が痛みを和らげてくれた。

「大丈夫さ。あのときのお粥は美味かったぜ」

横を向いて答えた。嬉しさを隠したかったからだ。

このときも、女は船の出立を川岸で見送ってくれた。

晩秋を迎える富士川周辺の山々は紅葉で赤く燃えている。

信州と甲州との境に聳《そび》える鋸岳《のこぎりだけ》を源流とする富士川の流れは凍えるように冷たい。宿に辿り着く船頭は手も足も赤く腫らしている。

台所にいた女は積み荷の様子を点検する嘉助に近づいた。

「これ、あたしが編んだもの」

手にしているのは船頭が履くアシナカだ。上がり荷では毎日一足は履き潰す。体に綱を巻きつけ先頭に立つ小船頭は、消耗が激しく一日持たないときもある。

「俺のために……」

女は横を向いた。

「そうだよ」

それだけ言うと台所に駆け込んだ。

嘉助は女から貰ったアシナカを使わず、荷袋に入れて持ち歩いた。

「お鶴、早いとこ飯の用意をしろよ」

嘉助が女の名前を知ったのは宿主の呼び声だった。

嘉助は岩淵の街道筋に立つ店でお鶴に土産を買った。

赤い簪《かんざし》を買うと懐に仕舞った。

途中で何回も懐に手を入れて簪に触った。

波木井に着いた。一目散に駆けだしたかった。我慢して親方の後ろから歩いた。台所に立つお鶴に近づいた。

「お鶴さんに似合うと思って……」

簪を渡した嘉助はお鶴の指が細くて長いことを知った。

手渡されたお鶴の頰が紅色に染まった。

その日から、嘉助の乗る船が波木井に着くとお鶴は嘉助に渡された簪を必ず髪に挿していた。それを見る嘉助が小さく頷くと、お鶴も微笑を返してくれた。


一年の約束を終えた嘉助が船を下りたのは梅雨入り前だった。

お鶴が働く船宿は、嘉助の住む波高島とは富士川を挟んだ対岸になる。嘉助は下りの荷を積んだ仲間の舟に同乗して波木井の津出場で降りた。お鶴は台所にいた。

大きな釜の掛かった竈の前で薪を燃やしていた。

「あれ、どうして……」

立ち上がったお鶴が不思議そうな顔で嘉助を見た。

嘉助が煙管を出したのは胸の高まりを押さえるためだ。

「俺、舟を下りたんだ」

「そう、もう一年が経ったのね」

お鶴は驚く風もなく答えた。

「俺が舟を下りることを、どうして知ってるんだ」

「嘉助さんがはじめて来たとき、病人のように青い顔をして畳に引っくり返っていたでしょ」

お鶴が野菜粥を用意してくれたときだ。

「心配したうちの親方が、嘉助さんの親方に聞いたんだよ」

嘉助はお鶴の顔をまじまじと見た。

「嘉助さんは腕のいい船大工で、使い勝手のいい舟を造るには舟に乗ってみなくちゃ分からねえ。そう言って苦労を買って出た。なかなか見どころのある青年だ。そんなことを聞いていたから」

お鶴は竈の火を覗き込んだ。それから嘉助に顔を向けた。

「それを聞いたから、あたし嘉助さんを応援してたんだよ」

お鶴の髪に赤い簪が挿されている。

五月晴れの碧《あお》い空に赤い簪が映えて見えた。

「俺がなんでここに来たのか、分かるか」

お鶴は首を傾げた。それから顔を赤く染めて俯《うつむ》いた。

時間が止まった。

「俺と所帯を持ってほしいんだ」

お鶴の双眸が見開かれた。

「あたしなんかで……」

「だから、こうして来たんだ」

「嘉助さんのお嫁さんになれたらいいなって、あのときからいつも思っていたんだ」

「本当か」

嘉助がお鶴の掌《て》を握った。お鶴も握り返してくれた。

お鶴は岩淵から蒲原の浜に米俵を運ぶ蒲原の馬方の娘だった。

博打好きの父親から離れたくて波木井に来ていると言った。

「そんなあたしでも……」

「そんなこと関係ねえ」

嘉助が二十四歳、お鶴が二十歳のときだ。

一人息子の嘉助は両親に喜ばれての縁組ではなかった。

二十歳を過ぎると親戚縁者から次々に縁談が持ち込まれた。

大工仲間の娘がほとんどだった。理由を言わず頑なに断り続けた。生涯を添い遂げる相手は自分の目で選ぶ。

これは船大工として父親の弟子になるときから決めていた。

三

球磨《くま》川、最上《もがみ》川と並び日本三大急流のひとつと言われている富士川に、舟運を開通させたのは天下を取った徳川家康《とくがわいえやす》だ。

家康は慶長《けいちょう》八年（一六〇三）、江戸に幕府を移した。江戸に都を移すとなれば多くの人が流入する。人口が増えれば食糧を必要とする。家康が目をつけたのは信州、甲州一帯で穫れる米だ。

この米を運ぶには甲州路を牛馬で峠越えするしか道はない。鰍沢から岩淵までの十八里は舟運を使うと六時間で到着する。

家康は京都の豪商・角倉了以《すみのくらりょうい》を呼び寄せた。

「川を交通路と考え、物資の輸送に利用できるか」

了以は即座に答えた。

「百川《ひゃくせん》、皆以《もっ》て、船を通ずべし」

この意を受け家康は富士川の舟運を決定した。

了以には「舟運通船支配権」を約束し、代わりに富士川開削工事の事業資金全額負担することを確約させた。

家康は慶長十年（一六〇五）、将軍職を秀忠《ひでただ》に譲ると駿府《すんぷ》に居を移した。

二年後の慶長十二年（一六〇七）正月に駿府城の拡張を命じた。

舟運の第一期工事は岩淵から身延山のある身延大野までの九里（約三十五キロ）をこの年の暮れに完成させた。身延以北の鰍沢までの五里半（約二十二キロ）は難工事の末、五年後の慶長十七年（一六一二）完成を見た。

岩淵の河岸に運ばれた御廻米は、東海道筋を蒲原の浜に牛馬で運び、清水湊まで海上四里半は小型廻船を使って運ばれる。そこから海上を四十里（約百六十キロ）は大型廻船で八日半かけ江戸・浅草御蔵前《あさくさおくらまえ》まで廻送される。

舟運の開通で家康の目論見は見事に達成された。

舟運が開通したからと言って、舟運船が即座に往来をはじめたかと言えばそうではない。舟もなければ舟を操る船頭もいない。

了以は備前《びぜん》の牛窓村から船大工を呼び寄せた。

瀬戸内海に面した牛窓村は古くから瀬戸内海を往き来する村上水軍《むらかみすいぐん》が使う廻船などの造

船が盛んだった。

船大工だけでなく艪屋《ろや》や船釘鍛冶《ふねくぎかじ》も軒を並べていた。

了以の声によって多くの船頭、船大工が集められた。

四

五年前だ。いつもは早起きの金蔵がいつまで経っても朝餉の卓袱台に姿を見せなかった。女房のお種《たね》が起こしに行くと眠るようにこと切れていた。金蔵は五十四歳で嘉助が三十歳のときだった。

一年後の冬、お種は流行りの熱病に罹《かか》り金蔵の後を追った。

祭壇は船丁場に作られた。村の衆が揃って参列していた。

檀家寺《だんかでら》の和尚が経をあげはじめると、近所に住む金蔵の兄である伯父《おじ》が嘉助の横に座った。嘉助と並んで座るお鶴の横顔を睨みながら言った。

「お前ほど、親不孝者はいねえ」

その声は和尚があげる経より大きかった。

「親の勧める縁談を蹴って連れて来た嫁は、親に跡取り息子を抱かせてやることもできねえんだからよ」

嘉助は周囲を見回した。参列者の視線がお鶴に注がれていた。

「三年経っても子宝に恵まれない嫁なんてのは、昔からいつ離縁されても文句は言えねえ身なんだ」

伯父の言葉は容赦ない。お鶴は唇を噛みしめ小さく震えていた。

お種の棺《ひつぎ》が村の衆の肩に担がれて野辺の送りに出た。近所の女子衆が用意したお斎《とき》の料理が祭壇を取り外した船丁場に並んだ。酒盛は土葬を終えて墓から戻った衆へのご苦労会だが別の意味もある。

弔われた者が残された家族を迎えに来ないようにという、縁切りの儀式でもある。飲めや喰えやの酒宴がはじまった。

陽気に騒ぐほど縁切りの効果が上がると村の衆は知っている。

「嘉助、嬶がいねぇじゃやねえか」

酒で顔を赤らめた伯父が辺りを見回しながら言った。

葬家の嫁が酌をして回らなければ村の衆は納得しない。

立ち上がった嘉助は床の間のある奥座敷の襖《ふすま》を開けた。

お鶴が先祖の位牌が並ぶ祭壇の前に跪いていた。

肩が小さく震えている。

「お前がいねぇって、みんなが騒いでると」

嘉助は尖った声を出したが、肩に置いた掌は優しくお鶴の背中を撫でている。

「わたし、やっぱり嘉助さんの奥さんになるべきじゃなかったのね」

赤く腫らした涙目でお鶴は嘉助の顔を見上げた。

「いまさらそんなことを言ったって」

「いまさらって、どういうこと」

お鶴の両目が吊り上がった。

「嘉助、どこに行ったんだよ」

伯父のがなり声だ。

「今、行くから」

嘉助の声でお鶴は、涙目を袖口で拭うと立ち上がった。

赤い目は隠しようがない。お鶴は嘉助と並んで酌をして回った。

ひと通り酌を終えたところでお鶴は皆の前に向いた。

「母のために、お忙しいところをありがとうございました」

当主の女房としての立場をわきまえた挨拶だった。

ここでも伯父は追いつめた。

「まだ遅くはねえ。お鶴さんはこれから頑張ってくれないとな」

「そのつもりでいます」

お鶴のか細い声がそれだけ不憫《ふびん》に響いた。


それから二年の歳月が流れていた。

嘉助夫婦は親戚縁者に喜びの報告ができずにいた。

八月十五日。旧盆を迎えた嘉助は、檀家寺の和尚を呼び母親の三回忌の法要を営んだ。伯父をはじめ親戚衆が集まった。

手料理を振舞うお鶴の前掛け姿の腹部に自然と縁者の視線が向けられる。お鶴にはその視線が痛い。

「この家も、お前の代で終わりだな」

酒が入った伯父は無礼講で他人の気持ちなどどこ吹く風だ。

「子無し女なんてのは、何の価値もねぇ」

言っていいことと悪いことの見境がない。

それだけじゃ収まらない。

「離縁した嫁が、行った先で子どもができたなんてこともよく聞く話だ。男と女にゃ相性ってものがあるからよ。二人のためにもここらへんで考えた方がいいんじゃねえか。え、嘉助」

嘉助が双眸を見開いて伯父に詰め寄った。

「伯父さん、そりゃ言いすぎでしょうが。こればっかりは授かりもので俺たち二人の問題なんだから」

お鶴は台所に駆け込んだ。

「嘉助さん、あたしのお腹の中に……」

お鶴が嘉助の耳元で囁《ささや》いたのは、寒い冬を終え庭先に咲いた桜の花を眺めているときだった。

「本当か、お鶴、でかしたなぁ」

縁側で腰を下ろしていたお鶴の腹に耳を当てた。

「馬鹿ねぇ、まだ赤ちゃんが動く音なんか聞こえるわけ無いでしょ」

二人の幸せが長く続くことはなかった。

それから三か月。お鶴は庭先の畑に蒔いたイモの収穫をしていた。籠に掘り出したイモを入れているときだった。

「あっ……」

小さな悲鳴を上げてうずくまった。

夥《おびただ》しい血が、長着の裾を帯の後ろに挟んだお鶴の股間から流れた。

嘉助が畑にうずくまるお鶴に気付いたのは、一服を兼ねて船丁場から庭に出たときだ。

「お鶴、どうしたんだ」

抱き起こした。お鶴の顔は顔面蒼白で血の気を失っていた。

それ以来、お鶴は明るい笑顔を見せることがなくなった。


船頭を経験した嘉助は、父親の材料選びを踏襲し頑丈で強い舟を造ることに精進していた。四人の弟子は言いつけを守り、よく働いた。

船頭の苦労を考え梁の厚みも他の舟に比べて薄いものにした。

雪解け水で増水した春先のことだった。

御廻米を積んだ船が転覆した。嘉助が造った舟だった。

嘉助は船番所から呼び出しを受けた。

「沈んだ舟を調べてみると、おぬしが造ったもので舟は尺足らずの材料が何か所もあるそうな。どうなっているのか……」

嘉助は船造りの持論を話して理解を求めた。

「駄目なものは駄目だ」

返ってきたのはきつい叱りだ。

それでも嘉助は舟の重量を軽くする持論を曲げなかった。

舟運の事故は舟の構造には関係なく、船頭の腕次第であることは、一年間の船頭生活で他の舟に乗る船頭仲間からも聞いていた。

それも役人の前で言った。

「おぬしは、船頭もしていたと」

「へい」

一年間、小船頭として働いた船頭生活を伝えた。

役人は瞼《まぶた》を閉じ考え込んだ。

「とにかく、船大工として番所を納得させる舟を造らねば」

それだけ言うと奥の間に消えた。

翌日のことだ。

晩飯を腹に収めた四人の弟子のうち二人が頭を下げた。

「棟梁《とうりょう》、今日限りで暇を頂きたくて……」

下げた頭をそのままにして言った。

「えっ、どうして」

お鶴が卓袱台に両手をついて質《ただ》した。

黙ったまま動かない。

「親方と女将さんにはすっかりお世話になりました」

そこまで言うと頭を上げた。

「あんたたちが居なくなってしまえば、舟を造れなくなってしまうことくらいは分かっているでしょ」

お鶴の声が半分涙声になっていた。

「役人に目をつけられるような舟は、造りたくないんです」

嘉助が立ち上がった。

「馬鹿野郎、いい舟ってのがどういう舟か分かっていねえのか」

拳《こぶし》を握りしめている。

「俺たちは、役人に睨まれない無難な舟を……」

嘉助は薄く目を瞑《つむ》った。それから小さく首を振った。

「そうか、分かった。出て行くんなら出て行け。そのかし金輪際《こんりんざい》うちの敷居《しきい》を跨ぐようなことはしねえでくれ」

弟子は仕事場に置いた自分の道具を箱に詰めた。

舟の組み立ては五人の共同作業だ。

二人が抜けた船丁場は気合が抜けて作業も遅々として進まない。

それから十日後。造りかけの舟がようやく完成した。

舟が完成すると〝船下ろし〟で、祝いの席が設けられる。

祭事を催すのは船主だ。

新造船が船丁場に置かれている。

神主《かんぬし》の手によって刻まれたお札が舳先に飾られた。

黒兵衛は絽《ろ》の夏羽織でめかしこんでいる。

「梅雨に入ったっていうのに雨がねえ。百姓は困るだろうが船頭にとってはめでてえことよ」

そう言って鼻に蓄《たくわ》えた八文字髭を撫でる。

舳先の高さに視線を置く。

舳先から船尾までの舟の撓り具合を見る。じっと見る。

満足そうに頷いた。

「見事な舟だ。これなら積んだ荷も船頭の命も守ってくれるずら」

奥の間にはお鶴の手料理が用意されている。

雪駄を脱いだ黒兵衛が嘉助に耳元で囁いた。

「確か、弟子は四人いたはずだが……」

そう言って船丁場に視線を移した。

「親方、その話は後で……」

黒兵衛の酌を弟子の二人が受けた。

「ご苦労さん。これからも頑丈な舟を頼まぁ。それにしてもこの人数じゃ心もとないなぁ」

黒兵衛の心配事はもっともなことだ。

追い打ちをかけるように二人の弟子が立ち上がった。

「親方、この舟が仕上がったんで……俺達も」

祝いの席が一瞬にして暗転した。

嘉助は最近の弟子たちの道具の扱い、返事の返し方。何かが違ってきたことを見抜いていた。

「そうか、お前らも」

力の抜けた声だが吹っ切れた響きを持っている。

「黒兵衛の親方、こんなわけでして」

「待て、どういうことだ」

黒兵衛が慌てて猪口を置いた。

「船頭のために軽い舟を造るのもいいが、寸法は決められた尺で造らねえといけねえ。お上からそんな咎《とが》めを受けまして」

「そんな馬鹿な……」

船番所に呼び出しを受けたことも話した。

「事故は、船頭の腕次第だろうが」

黒兵衛はそれを知っている。

「もちろん、俺だってそう思って……」

祝いの席が通夜のような空気になった。

「先代から続いた船大工としての心得を、弟子に伝えきることのできなかった俺の力の無さで……」

嘉助は縁側に立った。

黒兵衛は黙って嘉助の背中を見つめている。

「親方、長い間お世話になりました」

弟子たちは道具箱を肩に担ぐと玄関の敷居を跨いだ。

お鶴は座ったまま動かない。


四人の弟子を失った嘉助は船大工に見切りをつけた。

弟子を失ったこともだが、親戚縁者の攻撃に晒《さら》されるお鶴を苦しめたくなかった。誰に相談することもなく嘉助は故郷を捨てた。

弟子が去ってから二か月と経っていなかった。

嘉助の手で修復された高瀬舟が、塩俵を積んで河岸を出立したのは朝四つ（午前十時）を過ぎていた。体に綱を巻き付けた瓢簞顔が、舟の具合を知りたくて見送りに来ていた嘉助夫婦に丁寧に頭を下げた。

「有難うございました。元気な子どもが生まれたら女房と子どもを連れてきますんで」

朝の陽差しが積み荷を満載した高瀬舟を柔らかく照らす。

舟が河岸を離れた。遠ざかる舟を二人が見送る。

「あんた、本当にいいことをしてくれたんだねぇ」

お鶴の指が嘉助の手に触れた。嘉助がお鶴の手を握りしめた。

「新造船を造るだけが、船大工じゃねえからなぁ」

ぽつりと漏らした嘉助の言葉にお鶴が頷いた。

四　河原の船宿

一

雨が降りはじめて四日目になる。

梅雨入りを間近にしたこの時期の長雨は珍しい。

水嵩が増し川留となったのは二日前の夕刻だった。この日の昼過ぎには、河原に転がる石ころを濁流が飲み込みはじめている。

「お父ちゃん、大丈夫ずらか」

八重《やえ》が、両手を広げて雨の勢いを確かめる又兵衛《またべえ》の顔を覗き込んだ。

「馬鹿野郎、そんなことを俺が分かるはずねえだろ」

又兵衛は苛立った顔で女房の八重を睨みつけた。

坊主頭からひっきりなしに雨粒が流れ落ちる。

南松野《みなみまつの》には船宿が軒を並べる上流に〝俵石《たわらいし》〟と呼ばれる難所がある。

流れの両岸に車石《くるまいし》、俵石、弓立石《ゆみたていし》などと呼ばれる奇妙な岩が並んで流れを変えるため大きな渦が生まれる。舟がこの渦に巻き込まれると横倒しになって積み荷が崩れ、破船してしまう恐れもある。

上がり荷の船頭はこの難所まで来ると、舟を止めて宿を取り翌朝に出立する。一気に引き揚げるためのの気力を蓄えるためだ。

船宿は川沿いから一町ほど離れた高台に軒を並べている。旅籠風の一膳飯屋もあるが葭簀《よしず》張りの簡単な茶屋もある。

この集落と川の流れに挟まれるように、四軒の掘立小屋が流れに沿って立っている。船宿の新規参入者が三年前から雑草と石ころが転がる河原を均《なら》して建てたものだ。

老舗の船宿は、河原に進出した新参者を河原衆と呼び、付き合いにも距離を置く。又兵衛の宿は河原衆の四軒立つ建物の一番上流に立っている。

この日は、川の増水で河原衆の宿から避難した船頭たちで高台の宿は大方埋まっている。

夕刻を前にして水嵩が増し河原衆の建物の土台に濁流が迫ってきた。

川留となる前日から、又兵衛の宿には三艘の高瀬舟の船頭が避難している。船頭は一艘に四人が乗り込んでいるから客は十二人だ。

そのうちの二艘の船頭たちは既に高台の宿に避難した。

「旦那、大丈夫かなぁ」

川留となった日から逗留《とうりゅう》する髭面の親方だ。

目の前の濁流を心配そうに眺める又兵衛の横に立った。

「雨がやむ気配がねぇ。高台の宿を見つけますんで、すまねえけど荷物をまとめて移動してもらった方がいいようで」

「俺もそう思ってたんだ。遅れちゃ取り返しがつかねぇ。そうさせてもらうぜ」

親方はそれを言いたくて近づいたようだ。

「山に降った雨は、夜中になると大水となって流れだす。気を付けなきゃいけねえのは、夜半だ」

又兵衛の言葉に親方は濁流に晒されている高瀬舟を見た。

「舟は濁流でも、しっかり繋ぎ止めてあれば心配はいらねえ」

それを聞いた親方は宿に戻った。

「おい、みんな自分の荷物を持て。高台の宿に引っ越しだ」

親方の甲高い声が響いた。

浅葱木綿の股引に紺の腹掛けで半纏を纏《まと》う船頭は、引っ越しの準備も要らない。自分が持ち込んできた布団に包まって寝るだけだ。

「俺が受け入れてくれる宿を見つけて来やすんで、少しばかり待ってくだせえ……」

八重は避難に備え台所で茶碗や箸を木綿の風呂敷に包んでいる。

塩梅なことに雨は小降りになっていた。

雨の中を又兵衛は高台に立ち並ぶ船宿に走った。

「空き部屋なんかねえよ。あんたんとこの隣の宿の亭主が頭を下げて来たから、しょうがねえ、八人を受け入れてやったんだ。もう、足の踏み場もねえほど満杯よ」

けんもほろろだ。

隣の宿の玄関を叩いた。しゃくれ顔の亭主が顔を出した。

「あんたか、遅いんだよ。流されちまうことを心配した、あんたの宿に泊まっている船頭が押しかけたのは二刻も前だぜ」

避難させる判断が遅れたことを又兵衛は悔やんだ。

悔やんだところでどうにもならない。

五軒目でようやく色よい返事がもらえた。

番傘を用意し四人の船頭を送りだした。

髭面の親方が振り返った。

「おかみさんの焼いた山女魚《やまめ》が喰えなくなっちまうのか……」

八重が親方の顔を睨んだ。

「どうしてそんなことを……。宿はこのまんまだよ」

そうは言っても、八重の目尻に涙が浮かんでいる。

客を送り出した宿は閑散として濁流の音だけが聞こえる。

「お父ちゃん、こんなとこまで水が入ってきたよ」

台所の竈まで水が浸水してきた。

「鍋釜と食器は持ち出すんでしょ……」

「まず、幟だ」

宿の前に立てている「大井宿《おおいじゆく》」と書かれた幟を八重に持たせた。

「あたしゃ、もっと持てるよ」

「それを置いてから、また戻ってくりゃいいんだ」

背丈が又兵衛の肩までしかない八重の顔を雨粒が流れている。

「鍋と釜は俺が背負う。食器類は重たいからお前には無理だ。お前は持てる物だけでいい。無理はするな」

二人は建物の外に出た。激流に飲み込まれた松が枝を水面に突き出して流れて行く。八重はそれを見て立ち竦《すく》んだ。

足元を確かめながら高台に向かう。

八重の右手が又兵衛の半纏の端をしっかりと握りしめている。

振り向くと、宿の格子戸の窓から八重が点けた菜種油の燭台の黄色い光が洩れている。

又兵衛たちだけではない。河原衆は旦那が鍋と釜を背負子に括りつけ、両手に食器を抱えている。女房連中もそれに続いて布団や衣類を両手に抱えている。誰も口を開く者はいない。

雨を避けて道路脇に並ぶ船宿の軒に荷物を下ろした。

夕闇が迫ってきた。濁流は、筵と萱を編み込んだ壁まで達している。

「せっかく建てたのに……」

河原衆の女房が言う。その旦那が言葉を繋げた。

「流されちまったら、庄屋の旦那に借りた借金が返せなくなっちまうなぁ」

富士川は水深八尺を通常とし、二尺増えると馬、渡船が中止となり、一丈一尺になると川留となる。

川明は通常の水量に戻ってからだ。

川留となってからも水位が増し、河原のあらゆるものを濁流が飲み込んでいる。

「こんなとこに、荷物を積まれたって困るんだよ」

自分の軒先に鍋釜を並べられた宿主が迷惑顔で口元を歪める。

「迷惑は重々承知で。雨がやんだら持ちだしますんで」

河原衆は背中を丸めて頭を下げる。

小銀杏《こいちょう》を結った下駄顔が前に出た。

「てめえら、新参者のくせに何の挨拶もなく掘立小屋なんか建てやがって。それだけじゃねえ。俺たちの常連客にまで手を出している。てめえらのしていることは盗っ人そのものよ」

堪忍袋の緒《お》が切れたような怒り方だ。

「今晩だけは……、申し訳ねえですが」

丁重な言葉で男の前に立ったのは又兵衛だ。

「なんだ、てめえは……」

下駄顔と又兵衛が正面から睨み合った。

「これだけお願いしても、駄目なんですか……」

濁流の音が又兵衛の言葉を半分消している。

又兵衛は男から視線を逸らさない。下駄顔はそっぽを向いた。痺れを切らしたようだ。

「分かった。お前らの泥棒小屋みてえな建物が流されちまったら二度と小屋は建てねえ。それを約束するなら勘弁してやらあ」

二人のやり取りを聞く河原衆が不安気に顔を見合わせる。

「分かったかッ」

又兵衛が男の鼻先に顔を近づけた。

「一軒だけでも残ってりゃ、建て直しても差し支えねえと」

「一軒だけでもだと」

下駄顔が両腕を組んだ。

「いいだろう」

又兵衛は右手に並ぶ河原衆に体を向けた。

「みんな聞いたな。この旦那の言葉を」

濡れ鼠の河原衆の顔が又兵衛から逃げるように逸れた。

八重が飛び出した。

「お父ちゃん、そんな約束をしてもいいずらか。皆が……」

又兵衛が八重の肩に手を添えたときだ。

「おい、よさねえか」

紺絣《こんがすり》の長着に羽織を纏った男が立っていた。

耳まで伸びた白い鬢が穏やかな人柄を感じさせる。

「豪雨でみんなが困っているというのに、何を揉《も》めてるんだ」

男は村の顔役で神社の総代を務めている。

「総代、河原衆がこんなに荷物を持ち込みやがったもんで」

下駄顔が山積みにされている荷物の山を憎々し気に睨んだ。

「皆さんの暮らしに必要なものなんだから、こんな荷物ってのはおかしいんじゃねえのか」

そう言って濡れ鼠で立ち尽くす河原衆に視線を向けた。

「それより、繋がれている舟は流されないよう避難させたのかい」

総代が濁流に目を向ける。荷を満載した高瀬舟は打ち込まれた丸太に太い荒縄で結ばれ、濁流の中で船尾を左右に揺らせている。

積み荷までは水が届いていない。

「この宿に舟を留めてくれた親方衆の舟が、大雨で流されちまったなんてことになりゃ、宿の評判はがた落ちだ。そんなことになったら船頭衆を他の宿にとられてしまう。それでもいいのかな」

宿と船頭との共存を口にした。

「新政府のおかげでこれだけ舟運が増えたんだ。河原衆がいてくれるからこそ船頭さんも安心して寄ってくれる。もし宿が増えなかったら、ここまで辿り着いた船頭さんたちは河原に寝てもらうことになるんだぞ」

下駄顔に向けた言葉だ。

「いえ、あっしはそんなことを言ってやしません」

総代が空を見上げた。雨は小粒になっていた。

「そろそろやみそうだ」

そう言って羽織に両手を入れた。

「みんな暮らしがかかっているんだ。河原衆だって洪水の心配のねえこの辺りに宿を建ててえのに決まってるさ。その場所がねえからしょうがねぇ、今日のように大水が出ると流される危険を承知で建ててるんだ。それくらいは分かってやらねえと、この宿だってそのうち廃《すた》れちまうぞ」

その言葉は腹の底に沈むような重さを持っている。

雨は夜半になってやんだ。

又兵衛は夜明けを待って濁流を見下ろす高台に立った。

東の空が明るくなり薄陽が射しはじめている。

この時間になると、朝餉の用意で竈から立ち上る青い煙が空を斑《まだら》模様に染めているはずだが、今朝はそれがない。濁流の中に見えるのは壁が抜け、柱の上に柿葺《こけらぶ》きの屋根だけが残った一軒の建物だ。

それは又兵衛の宿だ。

「お父ちゃん、うちのだけが……」

「あたりめえだ」

又兵衛は胸の中でほくそ笑んだ。

河原衆も並んで立っている。

昨晩の下駄顔と又兵衛のやり取りを河原衆は聞いている。

老舗の宿主も集まって来た。下駄顔も顔を見せた。

又兵衛と交わした賭けの確認のためだろう。

又兵衛は煙管に火を点けた。それから下駄顔に体を向けた。

「旦那、俺の宿は壁が無くなっているだけで、柱も屋根もそのままだ。これなら建物は流されたうちには入らねえはずで」

間をおいた。再度確認を入れる。

「旦那、どんなもんですか」

昨日の約束事は自分から振ったものだ。

「お、おう、そうだな」

その狼狽《うろた》えぶりに、河原衆は正面に浮かぶ富士山の頂を睨んで笑いを堪《こら》えている。

「壁だけ直しゃ客は迎えられる。三日もありゃ十分だ」

又兵衛は誰に向かって言ったわけではない。

下駄顔は苦虫を嚙み潰した顔で濁流を睨みつけている。

山の稜線から上がった朝陽が、又兵衛の柿葺き屋根を照らす。

二

先陣を切ってこの場所に宿を建てたのは又兵衛だ。

江戸幕府の大政奉還によって明治維新を迎えた。

新政府樹立で世の中は何もかもが変わった。

甲州の鰍沢河岸から駿河湾の河口にある岩淵河岸まで、十八里の間を往来する富士川舟運も、幕府の規制が解かれ、船主の権利が個人や会社組織にも認められたことになった。舟運が開通した当初から守られてきた総船数三百艘前後が一挙に八百艘を超える数に膨れ上がった。百姓仕事は天候に左右される。安定した現金収入が見込める舟運に希望者が殺到した。

こうなると俄か船頭が増え、甲州三河岸の鰍沢、黒沢、青柳は以前より増して賑わい、駿河湾河口の岩淵、岩本《いわもと》、蒲原の河岸も人と荷物でごった返すようになった。

舟数は増加の一途を辿り、最盛期の明治三十五年（一九〇二）には旧幕時代の五倍にあたる千五百艘が富士川を往来するようになった。

一艘の舟を動かすには四人の船頭が乗り込む。明治初期でも船頭の数は約三千五百人にまで膨れ上がった。

集まったのは問屋場に寄宿する無宿者や富士川周辺の貧しい百姓だ。山間部の痩地を耕すより収入が見込める船頭稼業を選ぶのも自然の流れだ。

船頭ばかりではない。急激に増えた高瀬舟の数に、船頭相手の船宿も不足する事態となった。

「畑なんか相手にしたって喰っていくのが精一杯よ。船宿を建て船頭を泊めりゃ、黙ってたって銭が転がり込んでくらぁ」

船宿に参入した百姓の言い分だ。

庄屋と小作とで成り立つ百姓集落は、田畑の貸借で小作が庄屋に納める年貢は〝半年貢〟で、収穫物の半分は黙っていても庄屋のもの。十俵の米を収穫しても五俵は庄屋の取り分だ。

痩せた土地で汗水垂らしても、百姓は家族が腹に入れる喰い物にさえ事欠く始末だった。百姓は鋤簾《じょれん》や鍬を捨て船頭になった。富士川の両岸に置かれている津出場周辺に競って掘立小屋を建て、船宿としての経営に乗り出した。

七十軒あった岩淵の船宿は明治維新以降は百軒近くに増えた。

岩淵から上流に向かって木島《きじま》、南松野、沼久保、万沢《まんざわ》、南部と上がり荷の船頭を迎える船宿も、十軒規模だったものが二、三十軒に膨れ上がった。

南松野には十二軒の船宿があった。それが又兵衛を含めた八軒の参入者で二十軒に増えた。増水しても心配のない高台は、喰い物屋や老舗の宿が占めている。新参者でも地場に親戚縁者を持つ者は、高台に宿を建てることができたが、それのない又兵衛たち新参者は河原に建てるしか他はなかった。

又兵衛が生まれたのは由比川を遡《さかのぼ》った山間部の鍵穴《かぎあな》村だ。

土佐国中浜《とさのくになかはま》村の万次郎《まんじろう》が、アメリカ船に送られその後、アメリカの商船で琉球《りゅうきゅう》に上陸したのは嘉永《かえい》四年（一八五一）一月で、又兵衛が生まれたのは二年前の霜月だ。二人兄弟の次男坊として生まれたが、兄は流行りの熱病に罹って三歳で亡くなった。

子どもたちは十五歳を迎えると駿河湾の漁師町に乗り子（船漕ぎ）として奉公に出る。山に入って薪を拾う者もいた。薪は由比や蒲原の宿場の旅籠で使われる。海岸沿いの村には塩田が広がる。

塩田で干した塩を竈で煮詰めるとき薪が必要とされる。

又兵衛の父親は手先の器用さを生かした竹細工職人で、付近に茂る孟宗竹《もうそうちく》や熊笹を使って籠や笊、竹箒、熊手などを作っていた。

由比宿や蒲原宿は村から二里ほどの距離にある。

台所で使う笊や簾《すだれ》、竹箒、熊手などを持ち込むと喜ばれた。

十六歳にして五尺五寸の身丈に十五貫目と、堂々たる体格の又兵衛は、由比宿の旅籠に父親の作った笊と熊手を運ぶ途中、東海道の由比川に架かる橋の上で見知らぬ男に声を掛けられた。

「立派な体をしてるじゃねえか。大井川《おおいがわ》の川越人足になってみる気はねえか」

声をかけて来たのは由比宿と島田宿《しまだ》との間を往き来する飛脚だ。

男は飛脚の傍ら〝口入れ屋〟を稼業にしていることを後で知った。

「若けえんだから、川越人足で一攫千金を狙わねえ手はねえぜ」

欄干《らんかん》に寄り掛かりながらの誘いだ。

川越人足なんて仕事は聞いたことがない。

「川越は連台《れんだい》に乗る客と、肩車にして運ぶ客とに分かれるんだ。兄ちゃんくらい背丈があったら、肩車人足としても十分通用する。肩車なら連台担ぎより実入りが上よ」

褒められると悪い気はしない。

「肩車で懐具合のいい旦那衆に付けば、駄賃も半端じゃねえ」

又兵衛の懐を見透かしたように話を乗せて来る。

「その話は本当で……」

「あたりめえよ。毎日、西から東から参勤交代の大名が大井川に押し掛けるんだ。川を渡るにゃ川越人足だ。兄ちゃんのような体格だったら、人足を仕切る川庄屋《かわしょうや》が両手を挙げて迎えてくれるぜ」

又兵衛がその話に飛びついたのには伏線があった。

一年前、由比の漁師宅に〝乗り子〟として雇われた。

駿河湾の漁師は鯵や鯖、鯛などを狙って手漕船《てこぎぶね》で沖に出る。

沖に出るには船の漕ぎ手を必要とする。乗り子だ。乗り子は何年か奉公を積むと漁師としての道が拓ける。漁師になって独り立ちすることが、山間に生まれた百姓の息子たちの夢だ。

腕力があり人一倍気の強い又兵衛は、艪を漕ぐ仕事が苦にならなかった。親方にとっては使い勝手のいい乗り子だ。

又兵衛が乗り子を捨てたのは、一緒に乗る船主の倅との諍《いさか》いが原因だっだ。

四季を問わず船上の漁師は裸足で作業をする。

草鞋を履いていては網を曳くときに踏ん張りが利かないからだ。

それどころか滑った拍子に海に落ちる恐れがある。

冬場の作業は冷たすぎる。足裏の感覚が麻痺する。それでも裸足だ。その冷たさに漁師は唇を紫にして耐える。船主の倅は一人、草鞋を脱ごうとしない。足が凍えるからだ。

鯵と烏賊の入った網を引き揚げたとき倅の足が滑った。

獲物を満載した網は、一人の力を失って海の中に引き摺《ず》り込まれた。又兵衛も一緒に海に落ちた。近くで漁をする僚船の漁師たちの手を借りて引き揚げられた。凍えて生きた心地がしない。

隣で倅も震えている。又兵衛は倅の胸倉を摑んだ。

「お前がそんなものを、履いてやがるからだ」

倅が、又兵衛の手を解きながらほざいた。

「お前は使用人だろ。てめえの立場をわきまえてから物を言え」

又兵衛は許せなかった。船主の顔を睨んだ。

「俺は、こんな薄暗れえ海で死にたかぁねえ。陸《おか》に戻してくれ」

漁はそのまま続けた。東の空に明かりが射してきた。

船が陸に着くと又兵衛はそのまま船を下りた。

実家に戻った又兵衛は、父親の造った竹細工を注文先に運ぶ手伝いをはじめた。その途中で声を掛けてきたのがこの男だ。


鍵穴村周辺に咲く山桜の蕾《つぼみ》が膨らみはじめている。

又兵衛は飛脚の勧めにのって大井川に向かった。

島田宿に着いた。島田宿には川越人足を束ねる川庄屋がある。

大井川は渡河点の川幅が十一町ある。

同行した飛脚の説明を聞くまでもない。川を見下ろす高台の川会所の庭に立つと、対岸の金谷《かなや》宿の集落の屋根が小さく見える。

松の立ち木に囲まれた川会所は問屋場と軒を並べている。

糸鬢の男に案内されて川会所の入り口に立つと、土間の正面の帳場に熨斗目《のしめ》小袖を纏った侍髷の川庄屋が座っていた。書き物をしている筆を止めて顔を上げた。顎が細くて長い馬顔は、目つきは馬に似ず細くて長い。同行した飛脚に押されて前に出た。

「この男が、是非、働いてみたいというもので……」

飛脚は並んで立つ又兵衛の背中を押した。

川庄屋が立ち上がった。股引、腹掛け姿の又兵衛を見下ろす。

「肩幅もある。体格も及第点てとこか」

「有難うございやす」

飛脚の声に安堵感が混じっている。

框を下りた川庄屋が袂から紙の包みを出した。

「これからも、使い勝手のいい人足を頼むぞ」

「へい」

施しの包みを握った飛脚はその場を離れた。

残された又兵衛は川庄屋の質問を受けた。

「おぬし、どこか、体に不自由なところはないか」

「へい、見ての通りで取り得は体が丈夫なことでして……」

川庄屋が後ろで待機していた男を呼んだ。

「新入りだ。川越に必要なことを教えてやれっ」

呼ばれた男は〝待ち川越〟と呼ばれる川越人足の元締だ。

生成りの半纏の下に着けているものは生成りの褌《ふんどし》一本。

川越人足の宿《たまり》は、川会所の前の坂道を下りた河原にあった。

宿に案内された。土間には竹で編んだ簾が敷かれ、人足が顔を揃えていた。何本かの線を格子状に引いた板を囲んで、褌一本の男たちが賽子《さいころ》を手にしている。誰の目も血走っている。待ち川越が又兵衛を紹介してもその声を聞いている者はいない。

博打は賽子の出た目で勝負が決まる〝チョボイチ〟と後で聞かされた。勝負に前のめりな人足のほとんどが全身に刺青《いれずみ》をしている。

雲を被った富士山の図、閻魔《えんま》大王が両手を広げて襲い掛かろうとしている絵柄、糸を吐く蜘蛛《くも》と、蜘蛛の巣などが背中の全面に描かれている。絵柄には朱色が塗り込まれたり青が刷り込まれたりとそれぞれの色彩が鮮やかだ。

閻魔大王の目が又兵衛を睨んでいるように見える。

気味の悪いその目玉から又兵衛は顔を背けた。

「驚くこたぁねえ。彫り物ってのはな、川に棲む悪霊から身を守るためのものよ」

島田宿に三百五十人、金谷宿にも三百五十人の川越人足がいる。

川越は、人足の肩を越える四尺五寸の水量になると川留で渡河禁止となる。飛脚に教えられた通りで〝連台越し〟と〝肩車越し〟とがあった。

又兵衛は背丈を見込まれて肩車越しを勧められた。

初日というのに幸先がいい。伊勢神宮に物見遊山で向かうという、日本橋《にほんばし》の呉服問屋の旦那を担いだ。

「越すに越されぬ大井川と言われているこの川を、気分よく担いでくれたんだから、わしや嬉しいのなんのって」

飛脚が言っていた通りだ。川越し賃は決められているが、旦那が握らせてくれた駄賃は米が一俵買える額だった。

実入りが良く誰に気兼ねすることのないこの仕事が、又兵衛は天職に思えた。川越人足たちが恐れる〝悪霊〟とは、川越え中の予期せぬ体調不良や流木との衝突、流れで川底が削られた深みに嵌《はま》って転倒してしまうことだ。

客を水に落としたり持ち物を濡らしてしまうと、長期間の稼業停止や罰金も科せられる。罰だけならまだいい。足を取られて転倒したまま流れに巻き込まれると命を落とす場合もある。

刺青はこれらの事故を防ぐための呪《まじな》いと聞かされた。

彫り師は骸骨や般若大王、錦鯉の滝登りと下絵を何枚も用意している。川越人足としての仲間入りを果たすには刺青が肝心だ。

又兵衛が彫り師に注文した図柄は富士山の図で、山の天辺から閻魔大王が両目を見開いて駿河湾を睨みつけているものだ。

墨は時間をかけて徐々に入れる。又兵衛の彫りは二か月を費やした。

彫り物も完成した。褌一本の自分にも慣れた。

梅雨入りを迎える前だった。宿で仲間の打つ博打を眺めていた又兵衛たちに待ち川越が声を掛けてきた。

「ちょいと手伝ってくれねえか」

声を掛けられたのは四人だ。

作業は川の水量を測る水測計の柱の建て替えだった。

水測計は台風が来たときなどの増水時、川留の判断をするために用意されている。

この時季、上流は田植えが終わっている。川の水が田圃《たんぼ》に引かれるため水量が減る。柱の立つ場所に来ると、足元までしか水がない。

柱は風雨に晒され書き込まれた数字が読み難くなっている。

用意された太さ一尺、長さ二間五尺の柱は、一尺ごとに新しく数字が書き込まれている。

「今のうちに建て替えておかねえと、夏の大嵐の時季を迎えてしまうからな」

そう言って鶴嘴《つるはし》を渡された。四人が穴を掘り進めた。

「深さは五尺。それ以上掘る必要は無しだ」

指示に従い五尺まで掘り進めた。そこに丸太を垂直に立てた。

待ち川越は、表面が平たい石を二個用意していた。

立てた柱の下流に当たる面に用意した石を縦に並べる。

並べた石の背に小さな石を隙間なく積み重ねる。

「この方法なら、大水が出ても柱はびくともしねぇんだ」

この手法は先達から引き継がれたものだと言った。


三年目を迎えた春先、上流の雪解け水で川は増水していた。

又兵衛は肩車の客を乗せて流れに入った。

あろうことか川底の石に足を滑らせた。気張って踏ん張った分、足首を反対側に捩ってしまった。客を水に沈ませては人足として失格の烙印《らくいん》が押される。

又兵衛は踏ん張った。足の痛みを堪えて対岸まで辿り着いた。

捻った足首を布で巻き翌日も仕事に出た。

痛む足を庇《かば》いながらの渡河でまた捻ってしまった。

待ち川越に報告した。ひと月休んで回復を待った。

痛みは残っていた。踏ん張れない痛みではない。

仕事復帰の報告に川会所に出向いた。待ち川越の前で歩いた。

「足が痛いのか」

「いえ」

「嘘をつくな、少し足を引き摺っているじゃないか」

馬顔の川庄屋が眉間に皺を寄せている。

「長いこと休んでいたんで、足首が少しばかり固まってしまったようでして……。何日か働けば次第に動くようになりますんで」

川庄屋の両目が吊り上がった。

「ならんッ。川越の怪我はご法度だ。渡河人にもしものことがあってはわしらの監督不行き届きということになるんだ。普通に歩けるようになるまでは働くことはならん」

そこまで言われてしまうとなす術もない。

三

「どうしたんだ」

それまで何の沙汰もなかった息子が突然帰ったものだから、両親は驚いたり喜んだりだ。簡単な説明をして足首を見せた。腫れてはいないが痛みは残っている。

「迷惑はかけねえ。治ったらまた出て行くから」

又兵衛は家に閉じ籠もったまま父親の手作業を黙って見ていた。

両親は盗み見るように息子の足首に目を向けるが、又兵衛と視線が重なると逃げるように目を伏せた。滅入った気分を解したかった。

又兵衛は固まった足首を揉み解す。

手拭を持ち出した。家の前を流れる小川の前で褌一丁になった。

しゃがんで手拭を濡らした。

「お前……」

母親が後ろに立っていた。

背中の閻魔大王の図柄に驚いての言葉だった。

「こんな恐ろしいものを、どこで……」

半開きの口のまま硬直している。

元絵は見たが、彫り上がった自分の背中を見たことはなかった。

「川越人足の魔除けよ。あそこに行けば誰だってこれくらいの彫り物をしてるんだ」

これ以上の説明はできない。濡らした手拭で全身を拭った。

背中を隠すように股引と腹掛けを体に纏った。

「お願いだから」

母親は言い淀んでいる。

「何があっても、村の衆にこんな恐ろしいものは見せるんじゃないよ。そんなことをしたら、お母ちゃん外を歩けなくなるからね」

又兵衛は、自分がこの地に住む資格を無くしたと悟った。

両親との会話もなく憂鬱《ゆううつ》な日々が続いた。

旅籠で使う笊や熊手を作る父親が、その日は〝もじり網〟を作っていた。もじり網は富士川で川魚漁をする漁師が使う網だ。細く割った竹を約四尺の円筒形に編んで箍《たが》を作る。その箍に細く薄く割った約九尺の籤《ひご》状の竹を等分の間隔で縛り付け先端をすぼめて括る。餌は要らない。いったん入り込んだ魚は、竹の枝で返しが作られているから逃げられない。網は岩と岩の間の急流に沈めて固定する。頃合を見計らって引き揚げる。すぼまった竹籤の末端に押し流された魚が、押しくら饅頭《まんじゆう》のように重なって捕獲される。

雨が降ったあとの水量が多いときほど大漁だ。

水の中から引き揚げるには、竹の重さと網に入った魚の重さとで相当の腕力を必要とする。腕力に自信がある又兵衛は、漁をすることで自分の喰い扶持が出る。咄嗟《とつさ》にそう判断した。

父親にもじり網を作ってほしいと申し出た。

「お前は、川魚の漁師になるつもりか」

富士川に出て、獲った魚を旅籠に売り捌く計画を話した。

この地に留まって百姓をしようにも背中の彫り物が邪魔をする。

それを知る父親は黙って引き受けてくれた。

急な流れの岩場を探して網を仕掛ける。

山女魚や岩魚《いわな》、鯉やアマゴ、鰻が面白いように入る。

又兵衛は河原の近くに茂る竹林の中に掘立小屋を建てた。

朝起きると網を仕掛ける。鰍沢を目指す上がり荷の船頭は疲れの限界に達すると河原に腰を下ろす。そこで、やおら弁当を広げる。

弁当箱はひるま桶だ。五合入りの大きさで中蓋の上におかずが入り、その上の蓋に茶碗と箸が入っている。全身全霊を傾けて舟を引き揚げる船頭は、疲れと引き換えに大飯を喰らう。

又兵衛は河原に石を組み俄か造りの竈を造った。

竹串に獲った魚を刺して焼く。

——疲れた体に、焼きたての魚を用意すれば喜ばれるはず——

「親方、焼けたばかりの魚だ。一匹どんなもんで」

船頭は又兵衛に勧められるまま山女魚を受け取った。

頭からかぶり付いた。それから頷いた。

「おぅ、こりゃ美味いわ」

親方の巾着が開くと船頭たちの顔がいっせいに笑み崩れた。

商売が成り立つと世間話にも花が咲く。

南松野の船宿は三町ほど上流だ。

宿は流れから二町ほど離れた高台に軒を並べている。

足腰が立たなくなるまで疲れを溜めた船頭たちには、宿が川に近いところにあればあるほど有難いはず。

「南松野の宿は、流れから離れすぎてやしませんか」

又兵衛の問いかけに親方が答える。

「そりゃ、おめえ、泊まる宿が舟を止めたそこにありゃ、そんなに有難てえことはねえやな」

又兵衛の思った通りだった。

「客が喜ぶことを、宿主たちはどうしてしねえですかね」

「大雨が降りゃ、洪水が起こる。宿が流されちまやぁ商売があがったりだからずら」

それはその通りだ。


又兵衛は獲った魚を木島、南松野、沼久保と近場の船宿に持ち込んだ。生のままの物もあれば串に通して炙った物もある。

七軒ある木島の一番手前の宿で魚を広げていると、背中に薪を背負った女の子が後から入ってきた。黙って五束の薪を竈の脇に置くと亭主が巾着を出した。

背丈が又兵衛の肩までしかない鼻筋の通った女の子だった。

又兵衛も焼いた鰻と岩魚を五本ずつ売った。

魚も薪売りも行商だ。行商の好で又兵衛が女の子に声を掛けた。

「その薪は、どうせ父ちゃんか兄ちゃんが伐ったものを持ち歩いてるだけずら」

女の子は又兵衛を正面から睨みつけた。

「知りもしないくせに……」

ぷっと頬を膨らませた。

「ま、いいや。腹が減ってるだろ。美味えからこの魚を喰ってみねえか」

山女魚の串を二本渡した。女の子は黙って受け取った。

相当に腹が減っていたようだ。目の前でがつがつと喰いはじめた。

「美味しかったです」

笑顔の可愛い女の子だ。

それから三日が経った。魚を持った又兵衛は沼久保の宿にいた。持って出た魚を売り終えた。竹林の中の掘立小屋に向かった。

竹林の見えるところまで来た。背中で声がした。

「この前は、魚ご馳走様でした」

振り返ると木島で魚を喰わせた女の子だった。

背中に背負っているはずの薪が無くなっている。

女の子も薪を売り終えての帰りのようだ。

又兵衛は思わぬ出会いに心が弾んだ。住んでいる村の話になった。

女の子は又兵衛の両親が住む鍵穴の隣村に住んでいた。

「俺が網を張っている場所は、ここを下った南松野なんだ」

八重と名乗った女の子は、翌日又兵衛の漁場に姿を見せた。


又兵衛が川魚を相手の漁をするようになって一年が過ぎた。

やれ尊皇攘夷《そんのうじょうい》だ、倒幕だと時代が目まぐるしく移り変わる。

参勤交代も無くなった。宿場は見る影もなく廃れた。

父親が作る竹細工もめっきり注文が無くなった。

仕事が細った父親は気力を失くし見る影もなく老けていき、流行りの病気で熱を出すと呆気なく逝《い》ってしまった。

母親も後を追うように逝った。

四

母親の野辺の送りを済ませた又兵衛は、八重の両親の前で膝を揃えていた。隣に八重が並んで座っている。

「八重さんと所帯を持ちたいと思って」

両親は顔を見合わせた。

「話は聞いているけど、おたくは両親が亡くなったんだって」

母親は八重の表情を見ている。

「ええ、つい先日……」

「あなたは、実家を継ぐわけで……」

娘を嫁がせるとなれば訊きたくなるのは当たり前。

「俺は船宿を開くつもりで……」

又兵衛は八重に説明した通りのことを話した。

「船宿と言っても、簡単には……」

百姓仕事で日焼けした父親が不安を抑えた顔で訊いてきた。

「南松野の河原ですよ。河原は誰のものでもねえですから」

又兵衛は不退転の決意を口にした。

翌朝、上がり框で草鞋の緒を結ぶ二人に母親は竹の葉に包んだおにぎりを用意してくれた。娘の手に渡すと又兵衛の顔を見た。

「又さん、あまり無茶なことはしないでくださいね」

又兵衛が答える前に八重が答えた。

「お母さん、余計なことを言わないで。あたしが選んだ人だから」

親の心配を知ってか知らずか八重の目が挑戦的になった。

「これまでは薪の売り子してたけど、これからあたしは船宿の女将になるんだから」

母親は何かを言おうとしたが、娘の剣幕に口を噤んだ。


又兵衛は空き家となった実家に八重を連れて戻った。

主を失った家屋は冬を迎えたように暗くて冷たい。

藁葺き屋根と藁を刻んで塗り込んだ土壁。寒さを遮断する縁側の板戸。玄関の格子戸の横に、父親が竹林から切り出した孟宗竹が行き場を失って並んでいる。納屋に置いてある鶴嘴を持ち出した。

自宅から南松野の船宿が並ぶ通りまでは一刻とかからない。

又兵衛の背中の背負子には、杉の杭《くい》が十二本括りつけられている。皮を剝《む》き先端を鋭角に削ったものだ。長さは六尺ある。

八重と並んで玄関に立った。

「たまには寄るから。雨や風に負けるんじゃねえど」

その言葉は又兵衛のこれからの世間に対する挑戦状に聞こえる。

村を出る。林道を抜ける。頂に雪を被った富士山が西陽を浴びて輝いていた。田植えを終えた青い空に雲雀《ひばり》の囀《さえず》りが聞こえてくる。

「富士山に笠雲がかかってねえ。よかった、明日も晴れだ」

地元の領民は富士山の頂にかかる雲の動きで天気を読む。

笠のように頂をすっぽり被る雲を笠雲と言い、この雲がかかると翌日は雨になる。これは先達から伝えられている知恵だ。

又兵衛の口元が緩んでいる。先を歩く八重が振り返った。

「どうしたのよ。独り笑いなんかしちゃって」

「俺たちが開いた宿に、捌ききれないほどの船頭が詰めかけている図を思い浮かべていたんだよ」

「まだ建ってもいないのに。あんたってめでたい人なんだね」

「所帯を持つと、女ってのはこんなに変わるものなのか」

たくましくなった八重の背中を眺めながら又兵衛は呟いた。

南松野の流れを見下ろす高台に立った。河原の向こうを高瀬舟が岩淵に向かって流れている。逆に、上がり荷の高瀬舟は蟻ん子の歩みのようにゆっくりだ。

軒を並べる船宿は、飯炊き女が竹箒で玄関先を掃いている。

並びの宿の飯炊き女も箒を手にしている。

二人は手を止めた。額を近づけた。

「ゆんべの客は、朝方まで博打で騒いでいたんだよ。あんなことで俵石の速い流れを引っ張り揚がれるのかねぇ」

「船頭にゃ、酒と博打ぐらいしか楽しみがないずら」

口ぶりは明らかに船頭を小馬鹿にしている。

飯炊き女を横目に、又兵衛が目の前に広がる河原を指差した。

「俺が建てる宿は、あそこにでかい石があるだろ。あの辺りだ」

それは河原のど真ん中だ。又兵衛が寝起きしている掘立小屋からは二町と離れてない。

「あんた、いくら何でもあんなとこに建てたら大水が来たらすぐに流されちまうずら」

そう言った八重の顔に不安の色が浮かんだ。

「船頭ってのはな、流れに近い宿ほど喜ぶんだ。新参者を受け入れない老舗に勝負を挑むにゃ、喜ばれる場所に宿を構える。それしか方法はねえだろうが」

川原で魚を喰わせた親方と交わしたときに知った知識だ。

「言われてみりゃ、そんなもんずらか」

「俺は負ける勝負なんかしねえからよ」

又兵衛は強気一辺倒だ。

虐《しいた》げられて生きた父親の姿を見てきたからだ。

　それでも八重の顔から不安の表情が消えたわけではない。

「何、流されたら流されたっていいんだ。また建てりゃいいだけのことよ」

　聞いている方が心配になるほど頓着を示さない。

　河原に下りた。指差した石に向かって一直線だ。

「このでかい石が、玄関の脇にくるようにするんだ」

　自分の立つ場所を基点と決めた。持参した木綿の糸を延ばして五間四方の距離を測る。四隅を決める。測った場所に杭を置く。

　煙管の火を消した又兵衛が鶴嘴を持った。河原だけに小石が邪魔をして深く掘り進めるのが容易ではない。全身の力で鶴嘴を振り下ろす。四隅に一尺の深さの穴を掘った。穴の底に削った杭を置くと、それを八重が持つ。ようやく持ち上がる大きさの石を又兵衛が両手に持った。その石を杭の頭に打ち下ろす。

　四本の杭が河原に打ち込まれた。四隅を囲んで糸を通した。

　一辺の杭の間を三等分に分けた。杭を打ち込むための場所だ。

　この要領で四辺に八か所の場所を決めて穴を掘った。

　それから杭を打ち込んだ。

「今日から、ここは俺の屋敷だ」

　又兵衛は天下を取ったような顔つきで空を睨んだ。

「あんたの話聞いていると、なんか本当に思えてきたよ」

八重が無邪気な顔で言う。

「半月後にゃ、宿を開くんだ」

西陽が二人の笑顔を照らしている。


宿が建つまでの二人の新居は、それまで又兵衛が使っていた竹藪の中の掘立小屋だ。

翌日、本多髷を結った大工の棟梁が三人の弟子を連れてきた。

杭囲いが河原の中でひときわ存在感を示している。

「船宿を建てるってえから来てみたけど、河原のど真ん中じゃねえか。大水が出たら終わりじゃねえのかい」

そう言いながら職人は杭が打ち込まれた四隅に立った。

「余計な心配はされたくねえ。払うのは前金でも構わねえんで」

又兵衛は川越人足で稼いだ分をそっくり貯めてある。

「俺も手伝う。十二本の柱を三尺の深さまで掘って埋めたいんで。埋めたら柱の下流に当たる方向に平らな石を縦に並べて埋める。十二本の柱をこの方法で据えることにしますんで」

大井川の水測計の設置方法をそのまま真似たものだ。

壁は竹で組み、筵と葦《あし》を重ね合わせて外気を遮断する。

これは又兵衛の考案だ。

「建ててみなきゃ分からねぇが、台風が来て洪水が襲っても、この仕組みだと、壁は流されても柱はびくともしねえはずで」

「どこで、こんな方法を」

煙管を手にした棟梁が又兵衛の顔を覗いた。

「大井川で川越人足をやっているとき覚えたんですわ」

又兵衛は腰切半纏を脱いだ。それから背中を見せた。

富士山の頂から見下ろす閻魔大王が職人たちを睨んでいる。

「な、何だい、こりゃ」

唐突な彫り物の出現に大工の四人が後ずさりした。

「この閻魔様は、渡河中に顔を出す悪霊を退治してくれる川越人足の守り神ですわ。俺が建てる宿は、この閻魔様が守ってくれるから安心よ」

又兵衛の自信は背中の彫り物も一役買っている。

穴を掘る。平らな石を柱の側面に埋める。

十二本の柱の平衡を取って四方に梁を組む。屋根の角度に沿って長さを調整した足《つか》を梁に左右対称に立てる。一番長い足が屋根の天辺となり、軒の長さを計算した棟木《むなぎ》を横軸として通す。棟木から軒下の長さを計算した垂木《たるき》を梁との間に等間隔に打ち付ける。

棟梁の指示に従う弟子たちの動きは機敏だ。

柱と梁は撓りの強い檜を使う。又兵衛の注文だ。屋根は強風に強い柿葺とした。壁は竹を格子に組んだ。竹格子に筵を張り付けその上に葦を厚く重ねる。建物は十日で仕上がった。又兵衛の目にはそれが自分の城に見えた。

「洪水が起きたって、藁と葦で組まれた壁は簡単に押し流されるだろうが柱はびくともしねえ。柱が動かなきゃ屋根が崩れたり流されたりはするはずがねえ」

四人の職人を前に又兵衛は自信たっぷりだ。

「本当に、その通りになるのかなぁ」

棟梁は半信半疑だ。

「大水が出たら見に来りゃあいい。壁が流されても屋根と柱が残ってりゃ、壁の取り付けは棟梁にお願いするだけのことですわ」

「分かった。そのときには真っ先に道具箱を担いで駆け付けますぜ」

職人たちは、八重が用意した湯飲み茶碗を持った。

「建前の祝い酒よ。さ、皆さん飲《や》ってくだせい」

甕《かめ》に入った濁酒が八重の手でなみなみと注がれる。

注がれた濁酒を五人の男たちが一口で飲み干した。

注文していた「大井宿」と書かれた幟が届いたのはその翌日だ。

「お父ちゃんの言った通りだ。これなら明日からでもお客さんが取れるね」

幟を眺める八重に又兵衛が言った。

「あたりめえだ。明日から客を取る。お前は飯炊き女として忙しくなるぞ」

「あたしゃ、働くのが好きだから任しといて」

そう言って胸を叩いた。

幟に竹竿を通す又兵衛に、今度は八重の注文だ。

「うちは、焼いた川魚を売りにするんだから、どんなに忙しくたって、もじり漁だけは続けてもらうからね」

「あれ、お前、もうおかみ面してるぞ」

「宿が建ったんだもの当たり前でしょ。美味い魚を用意すれば、船頭さんの、こっちが進むのは受け合いだもの」

そう言いながら猪口を口に運ぶ仕草をする。

船宿は船頭が夜露を凌《しの》ぐ場所だ。朝晩の飯を提供する街道筋の旅籠と違って、船頭の親方が持ち込んだ米を炊く、薪代だけを貰えばそれでお終いの木賃宿だ。

おかずは、宿主が申し訳程に用意する菜っ葉の煮物と沢庵漬け。梅干しと塩を飯に掛けただけで何杯も喰う豪傑もいる。宿賃が安い代わりに布団も自前で持ち込む。

舟は急流で底に突き出ている石に乗り上げると底板が割れて破船する。底板一枚に命を懸ける稼業だけに、不安を忘れさせてくれるのは酒と博打だ。

八重はそれを又兵衛から教わった。

美味い魚を用意することで船頭たちの酒量が増える。

宿開き前から八重はそれを狙っている。抜け目がない。

又兵衛の宿が完成すると、場所を探して右往左往している百姓が次々と下見にやってきた。誰もが洪水を心配して首を傾げる。

又兵衛の顔は涼し気だ。

「稼ぐだけ稼ぐ。宿が流されたらまた建てりゃいいことずら」

百姓たちはその言葉に勢いを得たようだ。

自分の陣地を決めると次々に宿の建築に取り掛かった。

五

豪雨が去った。水嵩が減った。川が明けたのはその四日後だ。

又兵衛の宿は、屋根と柱に朝陽が当たって輝いている。

駆け付けた大工の棟梁は、上流から流されてきた草木が絡まる宿の柱を見て口をあんぐりと開けている。

「大将の言った通りだ。屋根と柱がそのまま残ってらぁ」

又兵衛が棟梁の肩に手を置いた。

「棟梁、約束だ。俺が床に転がっている石ころをのけるから、早いとこ床板と壁を取り付ける準備をしてくれねえかい」


それから七日が経った。

上がり荷の舟が「大井宿」と書かれた幟のはためく宿の前に舟を止めた。四人の船頭が玄関に向かって歩いて来た。昼八つ（午後二時）になったばかりだ。船頭が舟を止めるには早すぎる。

不思議に思った又兵衛が宿から顔を出した。

あの日、又兵衛の誘導で高台の宿に避難した髭面の船頭だった。

又兵衛は船頭に駆け寄った。

「親方じゃねえですか。また寄ってくれたんで……」

「ああ。まさかと思ったけど、幟がはためいているもんだから、様子見ということで……」

八重に急かされた又兵衛は、早朝にもじり網を仕掛け、昼飯を摂った後に網を上げて戻ったばかりだ。声を聞きつけた八重も台所から顔を出した。

「あ、親方だ。寄ってくれたんだね。あのとき山女魚の塩焼きが喰い納めみたいなこと言ったけど、獲りたての山女魚が用意してあるからね」

商売根性に長けた八重の言葉は威勢がいい。

髭面は複雑な顔で又兵衛夫婦の顔を覗き見た。

「あの大水から、十日と経ってねえってのに……」

床に丸太を転がし床板を張って畳を敷いた。壁は竹の格子を付け筵と葦を張り付けた。竈は石で組み、板で拵《こしら》えた棚に食器を並べた。

とは言え、早々の再開に驚かれるのも無理はない。

流された宿主たちも大工を呼び、再建を目指して金槌の音が鳴り響いている。

「誰に遠慮なく、こうやって宿の再建ができるっちゅうのも又さんのおかげよ。俺たちゃ又さんに足を向けて寝られねえやな」

河原衆の亭主たちは恵比寿顔で又兵衛に頭を下げる。

竈の薪が威勢よく炎を上げている。

「さ、さ、持ってきた米を早く出しておくれ」

船から下ろした麻の米袋を親方が八重に手渡す。

「また、おかみの焼いた魚が喰えるんだ」

上がり框に座ってアシナカを脱ぐ船頭を見やりながら、八重は又兵衛の背中に声を掛けた。

「山女魚も有難いけど、岩魚や鰻をもう少し余分に獲ってくれなくちゃ、間に合わなくなっちゃうからね」

「へい」

答えた又兵衛の声が夕焼けに染まった空に大きく響いた。

五　殺し合い

一

ここは船頭が塒《ねぐら》とする岩淵河岸の船宿だ。

夜明けを待って鰍沢に向かう船頭は出立前の睡眠を大事にする。

濁酒を呷り芋虫のように体を丸めて布団に包まる。

起床は六つ半（午前七時）頃で、暁七つ（午前四時）だと宵の口どころかまだ夢の中だ。

寝静まる闇の中で芋虫のひとつが両手を突然突き上げた。

「あっ、危ねえ、危ねえよう……」

暗闇に響き渡ったのは悲鳴に近い叫び声だ。

——何事が起きたんだ——

眠りの邪魔をされた船頭たちが眠い目を擦って布団を持ち上げた。

「杢《もく》、どうしたんだ」

叫び声を上げた男に声を掛けたのは隣に寝ていた船頭だ。

杢と呼ばれた男の目が開いた。

「親方、俺が何か……」

「何かって、あまりの大声で危ねえ危ねえって叫ぶもんだから」

「俺が、そんなことを……」

男は上体を起こして辺りを見回した。額に汗が浮かんでいる。

親方と呼ばれた男は舟運の船主で船頭の善次郎《ぜんじろう》で、悲鳴を上げたのは善次郎の舟に乗る小船頭の杢兵衛《もくべえ》だ。

「寝ているとこを起こしちまって、申し訳ねえです」

善次郎は不機嫌に布団を被る周囲に向かって頭を下げた。

「親方、皆の衆、迷惑をかけちまったようで……」

杢兵衛は立ち上がるとアシナカを結んで表に出た。

これ以上迷惑をかけたくなかったからだ。

満月が富士山の稜線を浮かび上がらせている。


善次郎の舟が下り荷を積んで鰍沢を出たのは、前日の五つ半（午前九時）だ。

船頭仲間が難所と恐れる藪ヶ滝は鰍沢から六里ほどの下流にある。流れの中に大きな岩が二つ頭を突き出し、この岩によって流れが三筋に分断されている。

舟の通過が容易なのは真ん中と左の二筋で、岸に近い右側は流れが狭まりその分水量が多い。舵を間違ってこの筋に突っ込むと、船体を岩に擦ったり舟の揺れで積み荷が崩れかねない。

富士川は鮎、山女魚、鰻など川魚が豊富だ。流れが狭いと魚がその流れに集中する。右側の狭い流れは、近辺の漁師が使うもじり網が仕掛けやすく、漁には格好の場所となっている。

この日も、手拭で頬っ被りした男がもじり網漁をしていた。

岩場に両足を踏ん張り竹籠の網を両手で引き揚げている。

そこに善次郎の舟が近づいた。舳先に立つ善次郎は手にした竹棹を水面に出ている岩に突き立てた。竹棹の出し方が少し遅れた。

遅れた分、竹棹の先端が斜めに当たり岩に滑った。

進路が狙いから外れた。舳先が漁師の手にしている網に向かった。

そのまま突っ込んだ。中ばりに立つ小船頭の杢兵衛が叫んだ。

「おい、あぶねぇ……。体を引っ込めてくれよぉ」

船の右舷が岩場に擦れた。それからドーンと鈍い音がした。

同時に叫び声が上がった。舳先が漁師の網を引っ掛けたようだ。

網を持った漁師の体が宙に浮くのが見えた。杢兵衛は漁師の顔を見た。

毬栗頭《いがぐりあたま》の団栗眼《どんぐりまなこ》が船上を睨んだ。杢兵衛は目を瞑った。

漁師は吸い込まれるように水中に沈んだ。

急流に巻き込まれた舟が漁師を追い越した。

両手を広げ藁人形のように流される漁師の姿が川の中に見えた。

李兵衛は慌てた。体が震えた。

「親方、舟を岸に着けてくだせえ」

李兵衛が叫んだ。

「馬鹿野郎、誰に言ってるんだ」

それは最後部で舵を切る為蔵《ためぞう》の怒声だ。李兵衛は振り向いた。

頬骨の張った三白眼の為蔵は両肩を怒らせ腰を沈めて立っている。

「李さん、舟っていうのは親方の指示以外、誰も口は出せねえんだ」

それを言ったのは、李兵衛と背中合わせに立つ半乗りの文吉《ぶんきち》だ。

富士川舟運は就航以来、白い木綿地に日の丸を描き、その下に「甲州御廻米御用」と書かれた御旗を積み荷の上にはためかせて川を下る。

御旗は渡船であろうが荷船であろうが、なにもかも「そこのけ、そこのけ」と邪魔者扱いだ。接触事故を起こそうが相手の船を破船させようが一切責任を負うことはない。

そんなことを知らない李兵衛は手にした棹を水中に直角に入れた。

速度を緩めるためだ。

舳先を下りた善次郎が立っている。

「岩淵への到着が遅れりゃ、積み荷の荷降ろし順が遅れるんだ。そうなりゃ宿に入るのも夕方になっちまう」

後ろから来た舟が速度を緩めた杢兵衛たちの舟を追い越した。

「助けるこたぁねぇ。邪魔をする奴ぁ放っときゃいいんだ」

その舟を見送った為蔵が忌々《いまいま》し気に言い放った。

「流された漁師を助けることが先決じゃないですか……」

水中に入れた棹に杢兵衛は力を込めた。

「余計なことをするんじゃねえ」

為蔵の拳が右頬に飛んだ。杢兵衛は俵に叩きつけられた。

起き上がって水面を覗くと漁師の姿は消えていた。

杢兵衛は両手を合わせて目を瞑った。

流れに乗った舟は通常より四半刻（三十分）早く岩淵に着いた。

積み荷を降ろす前に杢兵衛は舟の右舷に回った。

舳先から伸びる胴板に擦り疵が三本の線になって残っている。


首尾通り早めに荷の降ろしを終えた善次郎は、晩飯を終えると船宿の並びに立つ一杯飲み屋に三人を誘って繰り出した。

「飯を食ったばっかりよ。徳利とアテは葉ワサビがいいなぁ」

為蔵が板場に向かって叫んだ。

大徳利と一緒に小皿に載った葉ワサビが運ばれてきた。

善次郎の酌で三人が猪口を口に運ぶ。

晴れない顔をしているのは杢兵衛だけだ。

「おめえは、まだあの漁師のことを考えているのか」

それを言ったのは鉄拳を喰らわせた為蔵だ。

「俺たちゃ天下の御旗を頂いてんだ。お殿様の時代なら大名行列を邪魔したとなりゃ、有無を言わせずコレもんだ」

そう言って刀で人を斬る仕草をした。

杢兵衛は怒った。許せなかった。

「馬鹿野郎、あんたにもおっ母《かあ》やお父《とう》がいるだろう」

杢兵衛は新入りで、三人のうちで序列が一番低い小船頭だ。

「その言い草は、誰に向かって言ってんだ」

為蔵は立ち上がると杢兵衛の襟首を摑んだ。

「うるせえなぁ。喧嘩をするなら外に出ろ」

隣の席に座る船頭たちが二人を店の外に押し出した。

塩叺を満載した善次郎の船は夜明けと同時に出立した。

岩淵を出てから三日目。大島の津出場に差し掛かった。

先頭で綱を引く杢兵衛が動きを止めて後ろを振り向いた。

押上棒で舵を取る善次郎に声を掛けた。

「親方、ちょっとお願いが……」

「どうしたんだ」

「今日はここまでで、出立を明日にほしいんですが……」

時刻は夕七つ（四時）。お天道さんはまだ上にある。

「まだ陽があるぞ。もう少し先まで……」

「駄目なもんですか」

杢兵衛は引き綱から手を離した。懐から線香を出した。

「綱を引っ掛けちまった漁師の家が、この近くかと思いやして」

「そいつの家を探して線香をあげたいと……」

「へい。仏にしちまったわけで、謝って済む話じゃねえですけど、せいぜい線香のひとつも上げさせてもらおうと……」

「またかよ。小船頭の分際で親方に指示するなんて何様のつもりだ」

正面に立った為蔵が杢兵衛の胸倉を摑んだ。

為蔵の三白眼が杢兵衛の顔を憎々し気に睨んでいる。

「為、やめろ」

その一言で為蔵の手が杢兵衛から離れた。

「今日はここまでだ。明日から頑張りゃあいい。杢、お前の好きなようにするがいい」

東の空に西陽を浴びて光る富士山の頂がある。

善次郎が船頭たちの晩飯となる米を肩に担いだ。

船宿は木賃宿で、持ち込んだ米を炊く薪代だけを払えば終わる。

杢兵衛は台所に立つ飯炊き婆さんに訊いた。

「四日ばかり前だ。この付近で漁師が川に流されて死んじまったなんてことは聞いていませんで……」

婆さんが怪訝な顔をした。

「これだけの村だもの、村の者が川に流されて死んだなんてことがありゃ大騒ぎだ。そんな話は聞いちゃいないけど」

流された漁師は別の村の者のようだ。

杢兵衛が背を向けると婆さんの手の叩く音がした。振り向いた。

「ひょっとしたら……」

「心当たりが……」

「勘助《かんすけ》の馬鹿が、また悪戯をしたのかもしれねえ」

「誰だい、その勘助ってのは」

「もじり網で、家族の食い扶持を稼ぐ漁師よ」

梅干しのように皺のある口元をすぼめて笑いを堪えている。

「あいつは、これまでも何度も死んだふりをして舟運の船頭を慌てさせた前科を持ってるから……」

婆さんが続けた。

「仕掛けた網を引っ掛けても、詫《わ》びのひとつも言わねぇ舟運の連中を懲《こ》らしめてやるんだ。そう言って、死んだふりをして面白がっている馬鹿な奴よ」

為蔵も三白眼を細めて婆さんの話に耳をそばだてている。

「勘助の家は、あの杉の木の向こうに見える柿葺き屋根だ。親父さんは竹籔職人で勘助は親父さんの作った網で漁をしてるんだ。気になるんだったら、行って確かめてみたらいいんじゃねえかえ」

柿葺き屋根は通りの右端を流れる小川に面している。

小川に架かる橋の前に立った。

白髪の交じる髪を後ろに束ねた女が縁側で針仕事をしている。

庭に広げられた筵の上に山女魚や岩魚が天日干しされている。

「勘助さんの家は、こちらで……」

　李兵衛は恐る恐る尋ねた。

「どちら様で……」

「へい、四日前になりますが、乗っていた舟が漁師さんもろとも仕掛けていた網を引っ掛けてしまいやして……」

　女は李兵衛の足元を見た。李兵衛はアシナカを履いている。

「あっしは舟運に乗っている李兵衛という者でして。川に流された漁師さんはおたくの勘助さんじゃないかと、船宿の婆さんに聞いたものですから」

　女はようやく頷いた。

「船宿の梅婆が言ったのかい。それで、あんたが謝りに来たと……」

「へい」

「だったら心配はいらんよ。息子は魚の行商で出掛けているから」

　船宿の婆さんの言った通りだ。

　団栗眼の漁師の双眸。刹那《せつな》の叫び声。

　見た。確かに聞こえた。あれは何だったのか。

二

李兵衛の生まれ故郷は四国の山間に広がる集落だ。四国山地を源流とする二つの川が合流する三角地帯で、谷を上がれば平地が開け更に上ると忽然《こつぜん》と集落が現れる。

春先には、山裾の猫の額ほどの田圃に稲が植えられ、春から夏にかけて畑に植えた桑の葉を摘んで蚕を育てる。

百姓は天候との勝負だ。秋の収穫時、台風に見舞われるとたわわに実った稲の穂が風の勢いに耐えきれず根元から倒れてしまう。倒れた稲には太陽の光が届かない。湿った土壌で根腐れを起こし、収穫は例年の半分以下に落ち込んでしまう。

天災に関係なく小作農は地主から〝半年貢〟と呼ばれる収穫の半分を供出する義務を負っていた。村民が銀シャリと呼ばれる白い飯を口に入れられるのは、収穫を済ませた翌日の一回だけだ。

日常は粟、稗などの雑穀に僅かばかりの白米を散らばらせる程度の粗食に堪えている。

天災に痛めつけられ、年貢が払えない百姓は櫛の歯が欠けるように人知れず村を後にする。

農作業を終える秋口から男衆の多くは炭焼きで山に入る。

李兵衛の父親炭次郎《たんじろう》は炭焼きを本業としている。炭の原料となる楢や櫟を伐採し、寸法に合わせて切り刻み窯の中に詰める。そこで火を入れるわけだが、入り口で燃やす火の加減が難しい。燃やしすぎると窯の中の素材が燃え尽きてしまう。

といって、焚き付けが足りないと詰め込んだ窯の奥まで火が回らず、生乾きの炭にしかならない。

炭次郎は炭窯を相手にするようになってから、こうした失敗は一度もない。火の入れ具合と消し方に秀でている。小柄ながら鋭い双眸と白い鬢が顎鬚に繋がる風貌で、村人からは仙人と呼ばれ一目置かれている。

十六歳になったばかりの杢兵衛は、長男で父親より五寸ほど背丈がある。神社の境内で開催された祭りの相撲大会では、若造ながら大人たちを投げ倒し小結の地位を与えられた強者《つわもの》だ。

その腕力を活かして山に入り、木材の伐採から窯の中に炭材を詰め込む作業まで父親に代わってこなす自慢の倅だ。


幕末を迎えたこの地域の民衆は時代の流れに翻弄《ほんろう》され続けた。

元治《げんじ》元年（一八六四）七月。

京で尊攘派の勢力挽回を策した長州軍と、京を守る会津藩と薩摩藩を中心とする公武合体派との衝突事件が起きた。「禁門の変」だ。

朝敵となった長州藩に幕府が兵を差し向けたのは翌月だ。

幕府の威信を懸けた戦いとなり会津藩、桑名藩を筆頭として全国三十五藩、総勢十五万人の兵力が投入された。これだけの兵力の胃袋を満たすとなれば食糧は半端な量ではない。割を食ったのは周りの藩だ。

「収穫した米、各戸二俵を供出すべし」

近隣の藩には幕府からこんな通達が届いた。

食糧の供出だけにとどまらない。物資の搬送と武器の兵站《へいたん》を担うため、十八歳以上の村民が各村から十人単位で召集された。十六歳の杢兵衛は免れたが、近郊の百姓仲間も戦いの場に向かった。

秋の収穫時期を迎えたこの時期、働き手を失った農家は途方に暮れたが怒りの吐きどころがない。

薩長軍に敗北した幕府は慶応三年（一八六七）十月、大政奉還した。江戸城は無血開城となり新政府が樹立された。

「佐幕も新政府軍も、俺たちにとっちゃあどうでもいいことだ」

炭次郎は世間の動向を冷めた目で見ていた。

明治四年（一八七一）新政府が県庁を通して周辺の村々に地券（土地の所有権を示す証

券）の発行、学校、屠牛の禁止、斬髪、穢多の称呼廃止等のお触れを出した。古くから続いていた近隣住民の差別、被差別の枷《かせ》も外れた。百姓はどんな作物でも作れるようになった。

教育の自由も保障された。

「そんな良いことずくめなんか、あるはずがねえ」

炭次郎は新政府のお触れを信用することなく炭を焼き続けた。

炭次郎の先見の明だった。

学校の建築、維持、教師の給料などは村民が一切を賄う。

地租改正では土地の所有者には地券が発行されるが耕地図面の洗い直しが義務付けられた。

検地を実施すると、これまで目こぼしされてきた田畑が納税対象となり税金の大幅な引き上げとなった。

「お殿様から新政府に変わったって、百姓は搾れるだけ搾り取られる菜種油なみてえなもんだ」

囲炉裏を囲み夕餉を摂る炭次郎は怒りを吐きだした。

二年後の明治六年（一八七三）には徴兵令が発令された。

対象は十七歳より四十歳までの健康男児だ。

村人は口を噤むが炭次郎は臆することがなかった。

「戦争なんて人間同士の殺し合いだ。殺し合うのは前線に立つ召集兵で、召集をかける偉い奴らは高みの見物よ。馬鹿馬鹿しい」

そう言って吐き捨てた。

長州征伐時に召集された苦い経験から、徴兵令の発令は村民の誰もが反対の意を唱えた。

「徴兵てのは税金どころの騒ぎじゃねぇ。殺し合いをして血を流すだけよ。つまり血税だ。そんなもんに応じるわけにはいかねえや」

生きる尊厳を踏みにじる新政府に対し炭次郎は立ち上がった。

「県庁に強訴《ごうそ》する以外にねえ」

各村落には総代と呼ばれる村の代表格がいる。

炭次郎は周辺の総代宅を説いて回った。

「徴兵なんて冗談じゃねえ」

こう言って多くの総代が共感の意を示して立ち上がった。

翌日、重鎮として総代を仕切る隣村の甚五郎《じんごろう》宅に集まった。

濁酒の入る甕が真ん中に置かれた。景気付けのためだ。

長着に段染畳帯を結んだ甚五郎が切り出した。

「そうだ、俺たちにとっては無益なだけの戦争に駆り出されて殺されでもしたら冗談じゃねえ」

手酌で濁酒を呷る総代たちが口角泡《こうかく》を飛ばす。

そこまでは良かった。政府に対しての強訴は謀反《むほん》とみなされる。

謀反は否応なく牢獄送りで首謀者は打ち首の覚悟がいる。

どの村が先陣を切るか。手を挙げる者はいない。

炭次郎は立ち上がった。周囲を見渡した。それから口を開いた。

「誰が先頭に立つかじゃねえ。ここは皆で歩調を合わせることだ」

それでも沈黙が続いた。重い空気が漂う。

甚五郎が顎をしゃくった。その先は炭次郎に向いていた。

総代たちの視線が炭次郎に注がれた。

胡坐《あぐら》をかいた炭次郎が両腕を組んで全身で視線を受け止めた。

「なんで俺のところなんだ。みんなで歩調を揃えてこそ強訴と言えるものになるんじゃねえのか」

炭次郎の小柄な体が誰よりも大きく見えた。

甚五郎の顔が冷たく笑った。

「俺らは、あんたらの村に、先陣を切ってもらいてえ」

炭次郎は双眸を見開いた。

「行く行かないは別として、そんなことを言われる筋合いはねえ」

甚五郎は長着の袖口に両手を仕舞った。

「仙人、あんたはそんな生意気なことを言える立場かね」

見下した口調になった。

炭次郎の住む村は、古くから宗門人別改帳から名前の外された家族が多く住む。古くから争いに巻き込まれ一家離散の憂き目にあった者や年貢未納で逃亡した者など、幕府が地元の寺や名主に命じて作成させている人別改帳に記載されていない者だ。

目に見える差別があるわけでもないが、稲作に水が必要な夏場に空梅雨が続くと、川を流れる水の奪い合いとなる。

炭次郎たちの村は判で押したように後回しにされる。台風の襲来で流木が川を塞いだときも真っ先に駆り出される。そんな犠牲を強いられる村民として生きてきた。

宗門人別改帳から新しい戸籍法に変わり炭次郎たちの悩みも解決されるお達しを受けている。

「新政府からのお触れは誰もが平等と言っている。わしらだけが犠牲を強いられるなんてことは間尺に合わねえ」

炭次郎の強硬な姿勢に甚五郎が言い放った。

「そんなに頑張ったって無駄よ。周辺の村の衆はみんなあんたたちの村が先陣を切ることを望んでいるんだ」

　甚五郎の声は背筋が凍えるほどに冷たい。

「おい、みんな、こんな不平等なことは呑めねえだろ」

　炭次郎は同士として生きてきた同じ立場の仲間に視線を流した。

　仲間のはずの四人は力なく顔を背けた。

「そうか、そんなことか……。この意気地無しが」

　炭次郎のこめかみに血管が浮かび上がった。

「これ以上ここに居たって仕方がねぇ。俺は帰る」

　周囲を見渡した。炭次郎を囲む総代たちは視線を避けて下がった。

「言うことを聞けないんなら村を襲撃する。村を焼きつくすぞッ」

　生垣を出たところで甚五郎の太い声が背中に突き刺さった。

　まだ続いた。

「立場というものをわきまえろッ」

　それは脅《おど》しを超えた言葉になっていた。

「人別改帳に名前が無いだけのことで……」

　炭次郎の目から細い涙が流れた。

その夜、四人の仲間が炭次郎宅にやって来た。

肩を落として背中を曲げている。

「何しに来たんだっ」

迎えた炭次郎は四人を玄関から中に入れなかった。

「仙人、もう一度考え直してくれねえか」

「何を考え直せって言うんだ」

「このままじゃ、この村の者全員が殺されかねない。今からでも遅くねぇ。甚五郎さんに詫びを入れてくれ。それから、わしら全員で強訴の先頭に立とうじゃないか」

「そりゃ、本気かっ」

炭次郎は四人の前で仁王立ちになった。

「新政府は誰もが平等とのお触れを出したんだ。人別改帳に名前が無いだけで、俺たちは捨て石になると言うのかッ」

李兵衛はその声を奥の間で聞いていた。

「どんな脅しを受けようが、自分の生きる道は自分で守るしかねぇ。それができねぇんじゃ、先祖様にも申し開きができねぇ」

胆力の籠もった声が仲間を追い返した。

炭次郎は村人の前で決起を説いた。

甚五郎が炭次郎宅にやって来たのはその翌日だ。

村人が炭次郎宅に集まっていた。

「馬鹿なことを考えるな。まだ間に合う。強訴の先頭に立て」

炭次郎は最後まで首を縦に振ることを拒んだ。

「分かった。だったら明後日の朝五つ（八時）襲撃を開始する。こんな村は在ろうがなかろうが俺たちには関係ねえんだ。考えを改めるんなら今のうちだぞッ」

それが最後通告だった。

「この村が無くなってもいいんだな。後悔するんじゃねえぞッ」

甚五郎を見送る村民の目は血走っていた。


明治六年（一八七三）四月のその日は、朝から冷たい雨が降っていた。縁側に立った杢兵衛は庭先にある池を見つめていた。

水面に落ちた雨が幾重《いくえ》にも丸い模様を作りだしている。

「親父、この戦法で目くらましができたとして、あっちは話し合いにのってくるかな」

「そんなこたぁ分からねえ……」

炭次郎は杢兵衛の目を見る。それから付け加えた。

「そのときにゃ、体を張るしかねえだろう」

振り向くと父親の窪んだ目が炎のように燃えていた。


村民は日付が変わるまで敵方を迎え撃つ戦法で激論を交わした。

十か村以上の軍勢に一気に攻め込まれたら勝ち目はない。

捻りに捻って編み出した戦法は、敵が見える山肌に五門の大砲を並べるというものだ。

大砲と言ってもそんな大それたものはあるはずもない。生きるか死ぬか地獄の策だ。厠の横に積まれている肥桶《こえおけ》を山女《あけび》の蔓《つる》で長く繋いで大砲に見せる。全滅を覚悟しての作戦だ。

この十年前。文久三年（一八六三）五月、長州藩は近海を航行するアメリカ商船を砲撃した。アメリカ艦隊は報復に出た。

長州藩の砲台を攻撃した。砲台は破壊された。

だが、大砲は敵の攻撃を容易に蹴散らす威力を備えている。

長州征伐に駆り出された村民はそれを知っていた。

――大砲を山肌に並べることで敵は怯むはず――

怯んだ敵に炭次郎が山を下り甚五郎と五分の立場で話し合う。

切羽詰まった炭次郎たちの都合のいい戦術でしかない。

夕暮れを待ち、裏山の中腹に大砲を据える陣地を築くことにした。

炭次郎は村の衆を集めた。

庭には篝火《かがりび》のように丸太が燃え盛っている。鋭く尖らせた竹槍の先端を炎の中に差し込む。表面を焼いた竹は硬直し鋼《はがね》のような硬さとなる。十分な殺傷能力を備えるからだ。

「男衆は砲台を構える山で戦う。女、子ども衆は砲台の反対側の山に逃げるんだ」

口を挟む者はいない。

夕暮れ時を待った。

「親父、俺は出掛けるからな」

李兵衛は厠の横に積まれている肥桶を背負った。

仲間と一緒に熊笹の茂る裏山の中腹まで肥桶を運んだ。

都合よく月明かりが熊笹の茂る斜面を照らしている。

山肌を削る。平らに均す。

作業は黙々と進む。

誰の目も血走り口元は硬く結んでいる。体から汗が噴き出す。

竹で組んだ櫓に砲台を造る。山女の蔓を絡めて五本の桶を繋ぎ合わせる。砲身だ。十尺の砲身に見える筒状のものを五本組み立てた。

模造の砲台にそれを並べた。下山し、夜明けとともに山に籠もる。

炭次郎は、山を下りた李兵衛を待ち受けていた。

「こっちに来い」

仏間に呼ばれた。

祭壇に蠟燭《ろうそく》の火が灯り水盃が用意されていた。

「都合の悪いことが起これば真っ先に先頭に立たされる。こんな馬鹿なことがあるか。立ち上がるときに立ち上がらなくちゃ自分の生き様を示すこともできねえ」

炭次郎の言葉が杢兵衛の脳味噌に打ち込まれた。

「こんな世に未練はねえ。お前は、万が一にでも生き延びることができたら、この地から逃げて自分の力で生きる道を探せ。いいか、お天道様に顔向けのできねえことだけはするんじゃやねえ」

盃を交わした。二人は縁側に立った。夜空を眺めた。

「俺は、ひとつだけやり残したことがあるんだ」

「何を……」

「富士山という山は日本一綺麗だって言うじゃねえか。一度でいいから見てみたかった」

そう言った炭次郎の顔からはじめて笑顔がこぼれた。

細い雨がやみ、何匹もの蛍の光が闇の中に舞っている。

翌日の早朝、母親と二人の妹は風呂敷包を背負って家を出た。

振り向いた。

「二人とも、死ぬんじゃないよ」

母親と妹の頬が涙で濡れている。

「早く行けったら。心配はいらねえ」

静まった人里には小鳥の囀りばかりが聞こえ、曇り空の下で空気が重く淀んでいる。街道に立ち、正面の山肌を見上げると五本の砲身が街道に向かって狙いを定めている。

炭次郎も李兵衛も決められた所定の場所に就いた。

朝五つ、忠告通りだ。怒濤の群衆が雄叫びをあげ竹槍をかざし、一本道を攻め込んできた。李兵衛は砲台の櫓に立ってその様子を見つめる。汗が背中に流れる。喉は涸れて唇が渇く。

群衆が立ち止まった。先頭の男が山肌から突き出ている砲身を見つけたようだ。立ち止まった。動く気配を見せない。李兵衛たちはその様子を身を固くして見つめる。敵方は躊躇している。

「殺し合いをはじめる前に、甚五郎さんが俺に話し合いの場を作ってくれりゃいいんだが」

炭次郎の呟きが李兵衛の耳に届いた。

「このまま、逃げてくれれば……」

杢兵衛はそれを念じて敵陣を見つめた。

敵は再び陣形を整えている。炭次郎が目を瞑った。それから右手を振った。それが合図だった。

櫓に並んで立つ仲間がいっせいに鬨《とき》の声を上げた。

その声が木霊して村内に響き渡る。

模造砲台の後ろに積んだ杉の葉に火を点けた。

狼煙《のろし》のように煙がもうもうと青空に立ち上がる。

群衆が背中を向けた。それから振り向いた。

まやかしが見破られたようだ。

幾重もの群衆が鬨の声を上げて山肌を駆け登ってきた。

「親父、逃げてくれ。俺らがここは喰い止めるから」

「馬鹿野郎、俺が逃げてどうする。逃げたい者はみんな逃げろ」

その場を離れる者はいない。

敵勢との数の違いになす術もない。怒声が山肌に響き渡る。

突き進んでくる敵に竹槍で応戦する。

三本の竹槍が突いてくる。振り払っても、その隙に横からもう一本の竹槍が伸びてくる。

対峙《たいじ》する双方の竹槍が突いたり突かれたりと小競り合いが続く。並んで戦う仲間が相手の竹槍で腹を突き刺された。

李兵衛と同じ年の炭焼きだ。槍は腹掛けを破って内臓を抉《えぐ》る。

血が噴き出した。その痕から白くぬめった内臓がはみ出した。

幾重にも重なった細く長い臓物《ぞうもつ》は腸の塊だ。

竹槍が引き抜かれた。溢れ出る血の勢いは止まらない。

膝から崩れた。そのまま動かなくなった。

李兵衛に竹槍を向けている相手もその光景に目を瞑った。

「こんな馬鹿馬鹿しい殺し合いをして、誰が得するんだ」

李兵衛は対峙する相手に向かって叫んだ。相手は怯んだ。

杉の木が立ち並ぶ向こうに、両目を吊り上げた炭次郎の姿がある。

腰切半纏の男と対峙する炭次郎の竹槍には鋭さがない。

李兵衛が助けに走った。踏んだ熊笹に滑った。間に合わなかった。

横から突進した腰切半纏の竹槍が炭次郎の腹を突き抜いた。

鋭角に削られた竹槍が腹の中に沈んだ。李兵衛はその瞬間を見た。

炭次郎は竹槍に両手を添えた。顎を上げた顔が横に向いた。

炭次郎の腹からも臓物の塊が迫り出した。腸だ。腸が波打つように動いている。蛇の蠢《うごめ》きのように見えた。

李兵衛は炭次郎の元に駆け寄った。血を滴《したた》らせた相手の竹槍が李兵衛の腹を目がけ突進してきた。すんでのところで横に払った。勢い余ってよろけた相手の首筋に竹槍を突き刺した。槍の先端が硬いものに跳ね返る感触で止まった。噴き出した血飛沫が宙に飛び散った。

周囲を見渡した。血の海に沈んだ屍《しかばね》が幾つも転がっている。

地獄だ、地獄図だ。足が震えて止まらない。

李兵衛は竹槍から手を放した。山の稜線に向かって走った。

熊笹が行方を遮る。立ち止まった。村落の方角を振り返った。

田畑を挟んだ民家に火が放たれている。炎が渦を巻いて燃え盛る。

燃え上がった農民のうねりは容易には消えない。

李兵衛達の血税一揆は、周辺の村々に広がった。

群衆は県庁まで進行した。

大阪鎮台から派兵された政府軍が到着する前に、県庁に嘆願書を渡すに至り、ようやく勢いはおさまった。

三

夏草の茂る小川の向こうから竹籠を背負った男が近づいてきた。

毬栗頭だ。あのとき見た毬栗頭に間違いない。

「おっ母、今日の鮎の甘露煮、すげぇ評判が良かったぜ」

縁側に座る母親に行商の報告をする。

男は母親似の細面で団栗眼が人の好さを滲《にじ》ませている。

「勘助、このお人はな、お前が網を引っ掛けられて川に流されちまったときに乗っていた船の船頭さんなんだってさ」

母親の言葉に勘助は顔を強張らせた。

「あんたが勘助さんで……。あのときは申し訳ねぇことを」

「親方じゃなくて、船頭か……」

勘助は杢兵衛の頭の天辺から足の先まで視線を走らせた。

「へい。親方は立て込んでいまして、俺が代わりに……」

杢兵衛は腰を深く折って頭を下げた。

勘助は背を向けている。

「あのとき、俺の網を引っ掛けようなんて思っていなかったのは十分承知よ。船頭の腕が未熟なだけだ。舟を止めて謝るんなら許せるけど舟運の連中は俺たちをウジ虫くらいにしか思っちゃいねえ。死んだふりをすりゃ、少しは後悔するんじゃねえかと思ってよ」

船頭の横暴さを言い当てる。

「良かった、無事で良かったです」

「ああ、この通りぴんぴんさ。知ってるかい、あそこは藪ヶ滝じゃねぇ。俺たち漁師仲間は、そこのけの滝って言うんだ、そこのけそこのけお舟が通る、てなところだからよ」

勘助の言い分に反論のしようがない。

「あの流れはでっかい魚が下るから網を仕掛けさえすれば大漁間違いなしよ。詫びのつもりで来たんなら、流れちまった網代と獲りっぱぐれた魚代、合わせて五十文ばかり弁償してくれねぇか。あんたに持ってかれた網は、そこに立てかけてあるのと同じで親父が作ったもんだ。この近辺じゃ評判のもじり網よ」

ずけずけと物を言う勘助に、李兵衛は親しみを感じた。

「分かった。はっきり額を言ってくれて、こっちも助かる」

李兵衛は懐から巾着を出した。すると、もうひとつの包が懐から落ちた。線香の束だ。

線香が解けて庭に散らばった。

「あれ、線香……」

怪訝な顔をする母子を見て杢兵衛は再び頭を下げた。

「てっきり、流されちまったと思ったもんで」

「てことは、この線香は、俺が死んだと思って、仏壇に……」

そこまで言った勘助は大きく口を開けて笑った。

杢兵衛は散らばった線香を拾い集めた。

縁側の並びにある玄関の格子戸が開いたのはそのときだ。

紺の作務衣を着た頭に白いものが混じる男が立っていた。

「土間で、あんたの話を聞かせてもらったよ」

嗄れた低い声だ。

「わしゃ、漁師を怪我させて逃げた船頭が、漁師の家を探して線香を用意して来たなんてことは聞いたことがねぇ」

父親の八五郎《はちごろう》だ。

「梅婆に勘助のことを聞いたんなら、今晩はあそこに泊まるのかい」

「へい」

「それじゃ、時間はあるんだ」

杢兵衛は小さく頭を下げた。

「線香代だって馬鹿にはならんだろ。今夜は俺のとこで飯を喰っていくがいい」

それを聞いた母親が家の中に駆け込んだ。

「あんたみてぇに心ある船頭がいる。それが分かっただけでもめでてぇや」

八五郎が節くれ立った指で煙管に火を点けた。

「この村の衆は、船宿を作ったり船頭に出たりと働き口を探して働く。藪ヶ滝は、岩が突き出ているから、船頭だって一歩間違えば舟が引っくり返って命を落とす。誰もが精一杯のところで生きているんだ。だから、俺は舟運の船頭を目の仇にするようなことはねえ」

勘助は八五郎の言い分に不服な顔を浮かべた。

「あんたの言葉、聞いていると、この地のものじゃねえな」

李兵衛は黙った。八五郎が言葉を継いだ。

「俺たちも、ここじゃ新参者よ」

煙管の紫煙を気持ちよさそうに吐き出した。

「俺たちゃ大井川の川越人夫だ。ところが維新で仕事が無くなっちまった。世の中が少しゃ変わるかと期待したんだが何も変わらねぇ。そんなことがあってここに流れてきた。あんたもそんなとこじゃねぇのかい」

西陽が稜線に半分隠れている。

「へい、まあ色々と……」

「郷里《くに》を捨てるっちゅうことは、余っ程のことだ」

八五郎は作務衣の襟元をかき合わせた。

「山間の村は夕方になると冷えるんだ。さあ、家の中に入りな。梅婆の宿ならすぐそこだ。ゆっくりしてくといいさ」

そう言いながら、筵に干されている小魚を笊に集めた。

勘助が獲ったもので小魚は山女魚と岩魚だと説明する。

「骨酒にするにゃ、岩魚が一番美味えんだ」

そう言って、八五郎が湯飲み茶碗を呷る仕草をした。

玄関を入ると天井から自在鉤が下がる囲炉裏がある。

薪が燃やされ、岩魚を刺した串が炉端の灰に刺されている。

李兵衛は八五郎の斜向かいの座布団を勧められた。

「うちじゃ俺が網を拵える。その網を使って倅が魚を獲る。それをうちの奴が味付けして倅が周辺の農家に行商に出る。俺のところで作る甘露煮は酒の肴にも飯のおかずにも喜ばれているのさ」

勘助が檜作りの樽を抱えてきた。樽には濁酒が入っている。

「近づきの印だ」

八五郎の手で三人の湯飲み茶碗に濁酒が注がれる。

「骨酒にゃ、濁りのない酒の方が魚の香ばしさが出て美味いんだけどそんな贅沢はできねえ。今晩はこれで我慢してもらうぜ」

岩魚の養分が酒に溶けると鼈甲色になる。白濁した濁酒ではその色の変化も分からない。

八五郎はそれを言いたいようだ。

少し苦みのある骨酒は鮎の甘露煮と合って腸に滲み渡る。

川魚漁師の家ならではの味わいだ。

囲炉裏から昇る煙が天井に溜まる。

八五郎を前にした杢兵衛は父親を思い出した。

炭次郎も夜になると濁酒を好んで口にしていた。


「あんたの肩肉の盛り上がりを見る限りじゃ、船頭としての歳月はそんなに経っちゃいねえな」

「へい、まだ最近乗ったばかりで……」

「そのあんたが、親方の代わりに見舞いに来てくれたんだ」

「心配だったものですから」

「あんたは、本当に心が優しいお方だ……」

囲炉裏の炎が小さくなっている。

「すっかり馳走になっちまいまして」

李兵衛が腰を上げると足がふらついた。

梅雨時には珍しく晴れ渡った空に満月が輝いていた。

四

岩淵河岸の船宿は、運ばれた甲州御廻米が収蔵される御米蔵から一町ほど南に下がったところに軒を並べている。御米蔵と船宿に挟まれるように建つ茅葺屋根は人足宿だ。人足宿は河岸に仕事を求めて集まる雲助（浮浪人）たちの塒だ。暇に飽かせて昼間から博打場が開帳されるのも日常だ。

四国から流れてきた李兵衛が船頭の職を得たのも、この宿を縄張りとして仕切る手配師から声を掛けられたものだ。

晩飯を終えた為蔵と文吉は隣の宿で開帳されている博打場に出掛けた。李兵衛は善次郎の誘いで隣の水茶屋の暖簾を潜り濁酒を三杯ずつ腹に収めた。寄り道することも無く宿に戻る。

「李、明日からはじまる上がり荷、また頼むぞ」

「へい」

草鞋を脱いだ善次郎の言葉に李兵衛が答えたときだ。

「博打場で、殺し合いがあったみたいだぜ」

玄関の敷居を跨いだ船頭が顔をしかめながら言った。

「殺られたのは船頭で、匕首《あいくち》で腹を抉られたらしいぜ」

李兵衛は善次郎と顔を見合わせた。

博打場は座敷の真ん中に白い布の被せられた、長さが二間、幅三尺の盆が置かれている。正面に座る壺振りを前に八人の張り客が腰を下ろす。賽を二つ使った半丁賭博だから勝負は早い。

勝った、負けたで張り客は次々に変わる。

「親方、為蔵兄ぃが……」

そう言って駆け込んで来たのは文吉だ。

「為がどうしたっちゅうんだ……」

善次郎が怒鳴った。

「殺られちまったんです」

足をばたつかせる文吉は言葉が続かない。

善次郎は草鞋の紐を締めながら文吉の顔を見た。

「順番を待っていた為蔵兄ぃが、空いた座布団に座ったんですが、後ろに立っていた米仲仕が、俺の方が先だと言って」

杢兵衛は頬骨の張った三白眼の為蔵の顔を思いだした。

気に入らなければ見境なく相手に突っ掛かる。漁師を引っ掛けた舟の速度を落とすため、艪を水中に入れたとき杢兵衛は一撃を喰らわされた。

「親方、行ってみましょう」

三人は博打場に走った。

玄関口まで来ると黒山の人だかりの中で男が戸板に寝かされている。

顔を見た。蠟人形のように固まった顔の三白眼が暗い夜空に向かって両目を開いている。為蔵だ。

腹掛けの胸の部分から夥しい血が流れ、白い腸がとぐろを巻くように浮かんでいる。その腸が波打つように動いている。杢兵衛は目を背けた。

「ちぇ、こんなに汚されたら盆は続けられねえや。お清めの塩でも持ってこい」

辰松風髷を結った博打場の胴元が吐き捨てた。

河岸を取り仕切る役人が来たのはそのときだ。

役人たちは船宿や人足宿の切った張ったの揉め事を殊の外嫌がる。

管理責任を問われるからだ。

役人が周囲を見回した。

「仏は船頭のようだが、心当たりのある者は……」

善次郎が前に出た。

「へい、わしのところの船頭で」

「この男は、どこの出か分かるのか」

役人は詰問調で善次郎に訊いた。

「二年ほど前に、この宿で斡旋《あっせん》された船頭でして、本人は氏素性《うじすじょう》を口にすることがありませんでしたから」

戸板を取り囲む男たちの目が役人に向かっている。

「そうか、どうせ悪事を重ねて逃げ回っている野郎だろう」

役人は戸板の上で血を滴らせる為蔵に近づこうとはしない。

「こいつを、海っぺりに運んで棄ててこい」

役人が並んで立つ胴元に言いつけた。

胴元が博打場を仕切る手下の用心棒を呼びつけた。

「早いとこ行って来い。明日になりゃ潮がどこかに持って行ってくれらぁ」

四人の男の手に運ばれた戸板は暗闇の中を海の河口に向かう。

誰一人として為蔵に向かって手を合わせる者がいない。

晩夏の陽差しが縁側で針仕事をするお美代《みよ》の横顔を照らしていた。

「あれ、この前の……」

お美代は杢兵衛を見ると小さく声を上げた。

「お前さん、この前の船頭さんが……」

その声で玄関が開いた。笊でも作っていたのだろう。作務衣姿の八五郎が両手を払いながら出てきた。

「また寄ってくれたんだ」

「へい」

八五郎は杢兵衛の足元を見た。船頭の履くアシナカではない。

「今日は、上がり荷を運んできた途中じゃなさそうだな」

「訳がありまして……」

「どんな訳か知らねえけど、ゆっくりしていけるのかえ」

「今日は、小父さんに相談があって、寄らせてもらいました」

川に落ちた息子を案じ、線香を持って駆け付けた杢兵衛の心根を八五郎は知っている。

「こんな所じゃなんだから、入ってくだせい」

息子を迎えるように口調が優しい。

杢兵衛は出された茶碗を両手で包んだ。茶柱が浮かんでいる。梅干しを載せた小皿が運ばれた。

二人の優しさが別れた母親と妹の横顔を思いださせた。

炭次郎は富士山を見たいと言っていた。

李兵衛がこの地に来たのも父親の夢を果たすためだ。

故郷を捨てた男に帰る場所はどこにも残されてはいない。

母親と妹のその後の消息は知る由もない。

李兵衛は静かに茶を口に含んだ。渋みの効いた茶だった。

「実は、俺、舟を下りたんです」

八五郎が李兵衛の口元を見た。

「舟を下りた……。で、どうするつもりで」

李兵衛は二年前の故郷の村で起きた村人同士の殺し合いを話した。

「まさか……、そんなことが」

「竹槍で腹を突かれた親父は、天を睨みながら白眼を剝き出しにして逝ったんです」

「酷《ひど》い、酷すぎる」

お美代と目を合わせた八五郎が声を絞りだした。

何日か前、人足宿の博打場で些細な揉め事から、一緒に乗る船頭が匕首で腹を抉られ殺されたことも話した。

「人間は腹が破れると白くて細長い腸が入道雲のように迫り出してくるんです。その腸が波を打ちながらにゅるにゅると蛇のように動いていまして……」

囲炉裏で燃える薪の炎が杢兵衛の双眸に映っている。

「親父のときもそうだった。人間同士の殺し合いなんかしたくもないし見たくもねえんです」

自在鉤に掛かるほうとう鍋の蓋がぷくぷくと持ち上がっている。

「船頭を続ければ、荒くれ者同士の殺し合いに出会すことになる。それが嫌で……」

そこまで言うと杢兵衛は首を左右に振った。

「親父が最後まで首を縦に振らず腹に竹槍を受けたのも、自分の信念を貫いたからなんです」

燃え盛る薪がぱちんと爆《は》ぜた。

「舟運が積む御廻米と言ったって、周辺の住民の安全は守らなくちゃいけねえ。なにが、そこのけそこのけ御船が通るだ。そんなことは許されるはずもねえ」

八五郎はそう言って囲炉裏で燃える炎を見つめている。

「できることなら、漁師ができないものかと……」

「えっ、漁師を……」

「勘助さんのように川魚を獲って近所の村に売り歩く。それなら恨まれることもなく、感謝される日々が送れるんじゃねえかと思いまして」

ここまで話したところで玄関の格子戸が開いた。

勘助が背負子を背にして立っていた。

「あれ、杢さんじゃねえですか」

杢兵衛は立ち上がった。

「また寄らせていただいています」

気にする風もなく台所に立つ母親に向いた。

「母ちゃん、三日前に売った甘露煮は甘みが少し足りねえって文句が出たぞ」

「そんなことを、杢さんの前でわざわざ言わなくたっていいずら」

「そうか、そうだよな。気が利かなくてごめん」

勘助が大袈裟に頭を掻いた。

それから草鞋を解いた勘助が腹を押さえた。

「腹が減った。母ちゃん、ほうとうできているかな」

「今、煮上がったところさ」

勘助の登場で空気が一気に緩んだ。

ほうとうは、手打ちうどんに南瓜や大根や里芋などの野菜を入れて煮込んだものだ。勘助は土間に置かれた濁酒の入った樽を運んだ。

三つの湯飲みに濁酒を注いだ。八五郎の音頭で晩酌がはじまった。

お美代が杓文字《しゃもじ》でほうとうをよそってくれる。

大切りの南瓜と大根と里芋が美味そうに煮えている。

里芋を箸に挟んだ杢兵衛に八五郎が訊いた。

「で、俺に相談ってえってのは何かな」

「勘助さんが使っている網と、同じものを拵えてほしいんです」

「杢さん、どうしたんだよ」

濁酒を口にした勘助は腑《ふ》に落ちないといった顔になった。

「この前聞いた八五郎さんの言葉が羨ましかったんですよ。家族で協力し合って獲る、作る、売る。買ったお客さんは喜んでくれる。そんな血の通った暮らしがしてみたくて……」

「俺、そんなことを言ったっけ」

八五郎の口元がほころんだ。

杢兵衛が続けた。

「俺も所帯を持とうと思いまして」

勘助が箸を止めた。

「えっ、嫁を……」

「へい、鰍沢の塩蔵で小揚げとして働く娘でして」

「杢さんも、隅には置けねえや」

勘助がそう言って湯飲み茶碗を杢兵衛の前に出した。

杢兵衛もそれに応じた。

「小父さんの拵えてくれた網で俺が魚を獲る。嫁が甘露煮を作る。俺が行商に歩く。こんなことを考えましてて。こんなのは虫がよすぎますかね」

八五郎が膝を叩いた。

「そういうことだったのか。だったら任してくれ」

四人の笑い声に花が咲いたような和やかな空気が流れる。

「漁は素人だけど名人が作った網なら、黙っていても魚の方から飛び込んでくれるんじゃねえかと、都合のいいことを考えましして」

「そんな手品みてえな網なんか、あるわけがねぇ」

そう言った勘助の顔が笑っている。

今度はお美代だ。

「美味しい甘露煮の作り方はあたしが教えてあげるから、今度来るときには一緒に連れておいで」

杢兵衛が照れ笑いを浮かべた。

「そんなことをお願いしてもいいいんですか」

「あたしの甘露煮は、周辺の集落では評判がいいんだから」

小判形の紋様を残した山女魚の甘露煮を杢兵衛は箸で摘まんだ。

甘みの滲み込んだ柔らかな背骨の歯応えが何とも言えない。

「美味い、美味いです」

「杢さんのお嫁さんにも、この味を教えなくちゃ」

杢兵衛はお美代の前に膝を揃えた。

「よろしくお願いします」

「今夜は泊まっていけるんだよな」

八五郎の言葉に再び頭を下げた。

雲に半分隠れた月が格子窓の外に輝いている。

六　鰍沢とアイスクリン

一

蒲焼《かばやき》と肝《きも》の焼きを売りとする「うな鐵《てつ》」は、鰍沢河岸と駿州往還に挟まれた裏路地にある。

富士川は流れが急で泥が川底に溜まることがない。

そこで獲れる鰻は泥臭さとは無縁だ。

「富士川の鰻を喰ったら、他の鰻は喰えねえ」

そう言われて、地元民はもとより信州各地から米俵を運ぶ馬方もこの店を贔屓《ひいき》にして通う。

梅雨明けを前にして強い雨が降り続いている。

富士川が増水して川留となったのが前日の昼前だ。舟が留まれば身延山詣でや東海道に向かう旅人は足止めを喰らうことになる。

暇を持て余した船頭は昼酒と洒落込む。

夕暮れ時を前にして「うな鐵」は賑わい、客と仲居が交わす威勢のいい言葉が店の外まで聞こえてくる。

「おかみさん、あと二本ばかり熱いのを頼まぁ」

声の主は舟運の親方で三人の船頭を従える鶴兵衛《つるべえ》だ。

鶴兵衛の舟は半乗りの与吉《よきち》と、最後尾で舵をとる叺背負いの十蔵《じゅうぞう》、新入りの小船頭芳太郎《よしたろう》が乗っている。

大ぶりの銚子が盆に載って運ばれてきた。

鶴兵衛が前に並んで座る二人の猪口に酌をした。

「こうして並ぶと、与吉と美沙《みさ》さんは似合いの夫婦だな」

二十三歳になる半乗りの与吉は鶴兵衛の一番弟子だ。

与吉が近所の塩蔵で小揚げとして働く美沙と所帯を持ち、同居をはじめたのが二か月前のこと。

親戚縁者を集めて祝いの席を持ったことは聞いているが、川留が続くこの日、鶴兵衛が親分肌を発揮して開いた祝いの席だ。

四十の声を聞いても子どものいない鶴兵衛は、三人の若い船頭たちを自分の子どものように可愛がっている。

「親方、有難うございます」

眉毛の濃い丸顔の与吉が立ち上がって頭を下げた。

鶴兵衛は鬢から顎まで繋がる髯を蓄えている。顎のしゃくれた三角顔の鶴兵衛が与吉の肩を叩いた。

「お前も一家の主になったんだ。積み荷の交渉もひと通り覚えた。あと何年かしたら舟持ちの親方にならなくちゃな」

「へい」

与吉は隣に座る美沙の顔を嬉しそうに見る。

「親方、めでてえ席のようだから俺が鰻を馳走しようと思うんで、みんなで喰ってくれますか」

店主が二本並べた身の厚い蒲焼を大皿に載せて運んできた。

「お、特大じゃねえですか。こりゃ美味そうだ」

十蔵が鶴兵衛に代わって礼を言った。

「美沙さん、何があっても与吉についていくんだぜ」

小柄な割に胸の膨らみと尻の大きさからして、子どもができたら安産間違いなしと言われる美沙が、何度も頷き涙を浮かべている。

「わたしには、与吉さんしかいませんから」

傍らに座る与吉が鶴兵衛に酌をした。

「兄ぃ、こりゃ、俺と芳太郎からの祝いよ」

十蔵と芳太郎が風呂敷包を開いた。紙に包まれて出て来たのは鶯《うぐいす》が梅の枝に止まる図が描かれた夫婦《めおと》茶碗だ。

外を眺めると三日前から降り続いている雨が上がっていた。

隣の席に座る若い二人も蒲焼を前にご満悦だ。

坊主頭に濃い眉毛の男は手甲に脚絆《きゃはん》、甲掛《こうか》けに草鞋という旅姿で丈の短い着物に青い縞の合羽を横に置いている。

「この鰻は、まったく泥臭さがねえな」

「ほんと、お父さんにも食べさせたいな」

遠出のためだろう女は男髷を結い、腹掛けの首周りに豆絞《まめしぼり》手拭を巻いている。

「どこから来たか知らねえけど、ここで獲れる鰻は川が澄んでいるから泥臭くさくはねえ。天下一品よ」

お節介な十蔵が二人の会話に口を挟んだ。

坊主頭が鶴兵衛たちの席に体を向けた。

「盗み聞きしてしまって申し訳ねえですけど、そこに並ぶお二人さんもめでたい席のようで……」

おちょぼ口の美沙の涙目が大きく見開かれた。

鶴兵衛が口を開く前に与吉が答えた。

「親方が、俺たち二人の門出だといって、この席を」

「俺たちも、所帯を持ってはじめての遠出でして」

「と言うことは、お二人さんも新婚さんで」

「へい」

十蔵は話の繋げ方が上手い。

「どちらから……」

「上総から……」

「と言えば、漁師かえ」

「へい、四十五里の道のりを七日かけてようやく……」

「じゃ、身延山に」

十蔵の手が身延山の方角を指した。

「海の安全と豊漁を祈願しようと思いやして」

身延山・久遠寺は海神の守護神としての信仰もあり、伊豆《いず》半島や房総《ぼうそう》半島の漁師が大漁旗を持って季節を問わず訪れる。男は漁の腕を見込まれ網元の娘の元に養子に迎えられた男だった。

「船頭頭になるんで、その心構えをこの旅路で……」

「そうかいそうかい。俺たちは祝いの席だが、あんたたちもめでたい旅なわけだ。遠路はるばる来たあんたらの前途を祈って、みんなでお祝いといこうじゃないか」

鶴兵衛はここでも太っ腹なところを見せた。

「大将、席を同じに揃えてもらえねえかい」

「へい、お安い御用で」

大将も威勢がいい。二つの席が一列に並んだ。

「これでよし。大将、銚子を三本だ」

「いいんですか。見ず知らずの俺たちがこんなことをしてもらって」

坊主頭が立ち上がると両手を前に揃えて頭を下げた。

運ばれてきた銚子を十蔵が男の前に出した。

「まずは一献」

男は注がれた猪口の酒を一気に飲み干した。

宴は和やかに進んだ。

格子窓の向こうが星空になっている。

「明日は、船が出そうですか」

男が窓の外を見て十蔵に聞いた。

「そりゃ、分からねえ。雨がやんでも山に降った雨が流れ込むから川の水嵩が直ぐに減るとは限らねえ」

与吉が船頭としての経験を口にする。

「夜が明けてみなきゃ分からねえけど、出せるか出せないかは半々てとこかな」

与吉の言葉に男が頷いた。空になった銚子が並んだ。

「親方、そろそろ……」

与吉が鶴兵衛の顔を見た。赤ら顔の鶴兵衛が一座を見渡した。

「そうだな。二組の若夫婦のこれからの活躍を願って、一本締めといこうじゃないか」

鶴兵衛の掛け声で威勢よく宴が締められた。

二

鶴兵衛の家は、河岸の脇から富士川に流れ込む南川の三町ほど上流の入町だ。この一帯は舟運の船頭や、信州と甲州とを行ったり来たりの馬方衆が多く住む地域で、長屋が軒を並べている。

弟子の結婚を祝った翌朝、鶴兵衛が南川の川辺に立つと朝陽はまばゆく川面に反射している。

道端には純白の鷺草《さぎそう》や碧色の露草《つゆくさ》が小粒な花を咲かせている。

「この分だと、川明は昼過ぎかな」

家に戻ると女房のお常《つね》が急須を手に朝茶を淹《い》れてくれた。

漬物と野菜の煮物で朝餉を摂った鶴兵衛は、浅葱木綿の股引に紺の腹掛け、印半纏で身支度を整えた。

「ひるま桶は用意したけど、持って行きますか」

ひるま桶は五合飯が詰まる三段作りで、船頭の弁当箱だ。

「船が出ても出なくとも、一応は持って行くとするべ」

「昨夜、酔って帰ってから、先を急ぐ上総の若夫婦が云々なんて言っていたけど、川が明けるまでは何があっても船は出さないでね」

情にほだされると、無茶を平気で請け合う鶴兵衛の性格をお常は心配している。

「大丈夫だ。余計な心配をするんじゃやねぇ」

ひるま桶を手にした鶴兵衛は玄関を出た。

お常は庭先に出て手を振る。鶴兵衛は振り向いてそれに応える。

積み荷を待つ高瀬舟の傍らに与吉が立って煙管を咥えている。

「親方、昨晩はすっかりご馳走になっちまいまして。美沙からもよろしくと」

「久しぶりに美味い酒が飲めた。今日からまた頑張ってくれよ」

「へい」

「この水の量じゃ、まだ無理かな」

「ぎりぎりのところで」

これまで、甲府代官所郡中詰所の勘定役人の手代《てだい》が鰍沢河岸の川明、川留の判断を下し

ていた。維新で明治に年号が変わると、明治元年（一八六八）十一月に甲府は甲府県とな
り代官所は知県事と改称した。
翌十一月には甲府県に市川県（市川代官所）、石和県（石和代官所）が統合され、甲斐
府と改称され郡政局が設置された。
組織が変わっても河岸の運営はそれまでと変わらず、代官所時代から続く勘定役人の手
代によって管理され運営されている。
先日までは流れが濁り上流から木の小枝などを運んできたが、今朝は幾分澄んだ流れに
なって川底の石が見えている。
四日ぶりに昇ったお天道さんが周囲の山々を照らしている。
高瀬舟に米俵を積み込む米仲仕たちが河岸に集まってきた。
「午前中の出立は無理としても昼過ぎには川は明ける。それに備えて積み荷を用意しても
らうか」
勘定役人の手代から命が下ると、米仲仕たちは御米蔵が並ぶ御蔵屋敷に向かう。「うな
鐵」で祝い酒を酌み交わした二人も旅支度を整え姿を見せた。男の手には大漁旗が握られ
ている。
鶴兵衛に気づくと二人は並んで頭を下げた。
「昨晩は、あんなに御馳走になりまして」

鶴兵衛は右手で答える。大漁旗を持った別の集団も見える。

富士川は、水深八尺を通常とする。水嵩が二尺増え水深が一丈になると馬と渡船が止まる。更に一尺増えると川留となり舟運は舟を出すことができない。

「早く出せりゃいいんだけど……」

鶴兵衛が川面を見つめる坊主頭に声を掛けた。

それから船頭仲間が集まる船溜まりに歩いた。

「お役人さん、舟はいつ出るんですかい」

大漁旗を担いだ腰切半纏の男が船番所の手代に言い寄っている。

「あと五寸減れば川明だ。それまでは……」

乗船客は積み荷より優先する。

「俺たち銚子の漁師は、頭に被るくらいの波が来たってへっちゃらよ。この辺りの船頭は、水が少し多いくらいで腰が引けるんだ」

手代に喰い下がる言葉は喧嘩腰だ。

男が鶴兵衛たちの立つ船溜まりを見た。

「みんな勇ましそうな風体をしてるけど、からきし度胸がねえんだ。俺たち海の者にとっちゃ、川の流れなんてのは波のうちには入らねぇ。赤子をあやすより楽ちんというものよ」

鶴兵衛も与吉も船頭仲間は黙って聞く。

「去年の秋にも、川留を無視した舟がここから二里ばかり下った天神ヶ滝《てんじんがたき》で、岩場に突っ込んで転覆しちまって十三人が流されて行方不明になる事故が起きたんで」

手代が増水の怖さを説明する。

「俺たちゃ、海で揉まれているんだ。流されたら岸まで泳ぐ。それだけのことだろうが」

腰切半纏は引く構えを見せない。

足止めで日程の狂いもだが、懐具合を心配してのことだろう。

「舟は出してやらぁ。その代わり舟が岩場に突っ込んで投げだされても知らねえ。それでもいいのか」

船頭の集まりの中から声が出た。与吉だ。

「そんなことは百も承知よ。とにかく舟を出してくれ」

腰切半纏の声だ。

与吉は鶴兵衛を見た。鶴兵衛が手代に歩み寄った。

「あいつは、俺んとこの船頭でして……」

「行ってくれるのか」

「手代様のお許しが出るんでしたら」

手代は無礼を連発する一団に視線を流した。

「分かった、舟は出す」

「ありがてぇ。ようやく決心してくれたようで……」

腰切半纏の仲間が荷物を手元に引き寄せた。

「積み荷は無しだ」

それは鶴兵衛に対する手代の命だ。

「へい、分かってやす」

鶴兵衛は与吉に言葉を投げた。

「舟を出すど」

「へい」

「行きましょう」

三人の船頭の返事が同時だった。

「役人さんの許可を頂いた。皆さん乗り込んでくだせい」

腰切半纏が同時に愛想笑いを浮かべた。

大漁旗を持つ六人が乗り込んだ。もちろん若夫婦も加わった。

「いいですかい、出ますぜ」

鶴兵衛は手代に小さく頭を下げた。手代は申し訳なさそうな目で頷いた。舟は川岸を離れた。濁流に揉まれて揺れると船底が川の底に突き出ている石に当たる。石に突き上げられた船底がバキバキと悲鳴に近い音を発する。

「船頭、大丈夫かよ」

「大丈夫も何も、あんたらが急ぐから舟を出してくれと言ったんじゃねえのかね」

若夫婦は顔の筋肉を引き攣《つ》らせている。

また船底がバキバキと不気味な悲鳴を上げた。

富士川と早川が合流する地点に差し掛かった。横から突き上げるように早川の急流が流れ込む。激しい水飛沫が上がり水流が舟の平衡感覚を奪う。左右に揺れながら押し流される。

舟は屏風岩と呼ばれる岩に向かって突進する。舳先が岩場に衝突する瞬間を待ち、船頭が押上棒を岩場に突き当て進路を変える。

一瞬たりとも遅れることを許さない。

遅れると舟は屏風岩に激突し転覆して破船するからだ。

「おいおい、冗談じゃないぜ」

声を震わせているのは腰切半纏だ。船縁にしがみつき両足を胴の間の板子に踏ん張っている。目の前に屏風岩が迫った。

「あっ、ぶつかるじゃねぇか」

背中の声を聞きながら、鶴兵衛は握りしめている押上棒を岩に向かって突き出した。一瞬遅れた。棒の先が滑った。

「あっ」

鶴兵衛が小さく叫んだ。船が濁流に巻き込まれた。


「気が付いたみたいだな」

目を開けた鶴兵衛の目の前にいくつもの顔が並んでいた。

「親方……」

十蔵の両手が鶴兵衛の肩を揺さぶった。

「皆はどうした」

「俺と芳太郎は泳ぎ着きましたが、他はみんな流されてしまったようで……」

「与吉は」

「それが……」

鶴兵衛の横に膝を突いているのは身延から出張った手代だ。

濁流の音が鶴兵衛の耳に届いている。

「えらいことになった。お前ら船頭三人だけが岸に打ち上げられ、ほかはみんな流されちまった」

乗船客と与吉、合わせて九人が流された。

鶴兵衛は上半身を起こした。背中に激痛が走った。

「川が明けないのに、どうして……」

額に皺を寄せた手代の言葉は詰問調だ。

「そのことは、鰍沢の手代に訊いてくだせえ」

体の節々が痛む。そこまで言うのがやっとだ。

一夜が明けた。着の身着のままの鶴兵衛は鰍沢から来た船番所手代の前に引き出された。

鶴兵衛はどんな裁きも受ける覚悟でいた。

手代は鶴兵衛を見ると駆け寄った。

「申し訳ねえことをした。おぬしらだけでも無事でよかった……」

お咎めどころか手代に頭を下げられた。

三

勘定役人の手配した馬で三人は鰍沢に戻った。四日目のことだ。

河岸から一段高いところにある船番所の前に馬が止まると、中からお常が飛び出してきた。

「あんたは、やっぱり……」

鶴兵衛が馬を下りるとお常は涙目で右手を握った。

後ろに女が立っている。髪が乱れ目が窪み頬がこけた女だ。

「親方、うちの人は……」

その細い声を聞いて女が美沙であることを知った。

「美沙さん……」

「親方、嘘と言って。うちの人は川に流されたって聞いたけど死んでなんかいない。どこかで生きていますよね」

そう言って膝を突いた。

船番所から出てきた役人も、美沙の取り乱しように口を挟む者はいない。人は悲しみを抱えるとこれほどまでにやつれ、顔の相まで変えてしまうのか。鶴兵衛は慟哭する美沙の姿に言葉を失った。

「手代、美沙を連れて帰らせていただきますんで」

憔悴しきった美沙を見ると、誰かが傍に付いていないと何をしでかすか分からない。十蔵と芳太郎が美沙の両脇に立った。

「与吉は、本当に川に飲み込まれて消えちまったんですかい」

鶴兵衛が振り返ると、着流しに雪駄を履いた本多髷の男だ。

男は「うな鐵」の三軒隣に博打場を持つ博徒の代貸しだ。

「へい、乗船客の八人と一緒に……」

鶴兵衛が答えた。代貸しの口元がへの字に曲がった。

「ちぇ、取りっぱぐれちまったぜ」

与吉は博打場で借金をこしらえていたのか。鶴兵衛は知らない。


お常の拵えた夕餉の卓袱台を囲んだ。美沙は手を付けない。

十蔵と芳太郎は黙って見ている。

「美沙さん、骸が上がったわけじゃねえから、与吉が生きているのか死んじまったのかは分からねえ。与吉の消息が知れるまでここにいるがいい」

「親方、あたしはあの人がいつ帰ってきてもいいように家で待ちます。待たせてください」

自宅に戻ると言って聞かない。泣き腫らした目から涙が溢れる。

「分かった。与吉が帰ったとき安心する姿を見せなきゃいけねえ。それまではお常と一緒に居るがいい。俺はかまわねえぞ」

「本当ですか」

「ああ、与吉は戻ってきたら塩蔵まで迎えに行くはずよ。だから仕事には出るといい」

鶴兵衛の心遣いが美沙に考える力を与えたようだ。

「親方、有難うございます」

美沙の眸に「うな鐵」で見せた光が戻った。


お常は美沙を伴って玄関に立った。

「俺のことは心配しねえでいい。美沙さんの傍に付いていてやることだ」

見送る鶴兵衛にお常が振り返った。

それまで穏やかにしていたお常の目が挑戦的になっている。

「あたし、あんたに言いたいことがあるんだから」

「なに、俺に……」

唐突だ。鶴兵衛は豆鉄砲を喰らった鳩のような顔をした。

「あんたにゃ、金輪際、舟には乗らないと約束してもらいたいんだよ」

「え、どうして」

傍らに立つ十蔵も芳太郎も黙ってお常の顔を見る。

「船頭なんて一歩間違えばお陀仏になっちまう。あんたが一度家を出たら帰って玄関の敷居を跨ぐまで、あたしゃ無事を祈って毎日お題目を唱えているんだから。そんな暮らしは辛すぎるんだよ」

言葉の最後が涙声になっている。

「お前に言われるまでもねえ。俺はもう船には乗らねぇ。いや、乗る資格がねぇ」

十蔵と芳太郎は黙って聞いている。

「事故を起こしたのは俺だ。馬の背中に揺られて鰍沢に着くまでずっと考えていた。舟にゃ乗らねえ。俺は陸に上がるんだ」

そう言って十蔵と芳太郎を見た。

「親方……」

十蔵と芳太郎の声は同時だった。

「お前らは誰の舟に乗るのも自由だ。可愛がってくれる親方を探して仕事を続けたらいい」

二人は呆気に取られて立ち竦んだ。


鶴兵衛の舟が波木井の津出場近くに打ち上げられていた。

その知らせが届いたのは事故から一週間が経ってからだった。

「親方、一緒に引き揚げに行きましょう」

「俺は行かねえ」

十蔵の申し出に鶴兵衛は首を横に振った。

「申し訳ねえけど、お前らで行ってくれねえか」

舟は船頭の分身だ。舟がどんな形で残っているのか。壊れた舟を見たら苦しくなる。まだ乗れそうな舟を見たら乗りたくなる。それを二人に話した。

翌日、二人は下り舟に乗って波木井に向かった。

南川の上流には日蓮宗《にちれんしゅう》の本山、妙法寺《みょうほうじ》がある。

妙法寺の近くに土録《どろく》の集落がある。この集落の南の沢を源流として流れる南川の水を地元民は〝霊水〟として尊んでいる。朝起きると川の流れに向かって両手を合わせる。

それから段の付いた川端に下りて顔を洗う。

眠気を払った後で向かうのが妙見堂《みょうけんどう》だ。

妙見堂へは南川に架かる屋根付きの妙見堂橋を渡る。

苔むした急な石段を登ると妙見堂の社が構えている。

水神様が祀られている社で、地元の船頭がこぞって足を運ぶ。

船頭の女房たちも旦那の無事を祈って妙見堂に参る。

「南無妙法蓮華経、南無妙法蓮華経」

舟運の安全を祈ってのお題目だ。

自分の舟で起きた事故で九人の命が消えた。

鶴兵衛の石段を上る足取りは石のように重たい。

その朝も、鶴兵衛は妙見堂に向かう石段を上った。

重たい雲が空を覆い小鳥の囀りも聞こえてこない。

船頭としての自分の判断の間違いを詫びながらお題目を唱える。

お題目を終えた鶴兵衛は南川の川縁に立った。

水面は重たい雲を鉛色に映している。鶴兵衛にはその色が自分の胸の内と同じ色に思えた。じっと見つめる。その水面に男髷を結った女の顔が浮かんだ。眉毛の濃い坊主頭の男の顔も並んでいる。

その横に与吉の姿も映っている。

どの顔も寂し気に笑っている。

「お前たちの命を奪ったのは俺だ。許してくれ、勘弁してくれ」

鶴兵衛は水面に向かって両手を合わせた。


十蔵と芳太郎の手によって引き揚げられた船が、鰍沢の河岸に着いたのは、二人が引き取りに向かってから四日後だった。

「親方、早いとこ見に行ってくだせい。思いのほか痛みも少なく船大工《ふなばんじょう》の手に掛かれば三、四日で直せそうですわ」

鶴兵衛は二人に背中を押され河岸に向かった。

確かに自分が指揮を執った舟だ。

鶴兵衛は舳先から船体の捩れを見た。胴板を手で叩いた。

狂いはない。

「この舟はお前らに任せる。新しい船頭を見つけて使うがいい」

西陽が三人の姿を川面に映している。

お常は働き者だ。美沙の傍らに寄り添い、朝起きると自宅に戻って鶴兵衛の朝飯を作る。

それから塩蔵に向かう。お常の居ない独り暮らしは気が滅入る。鶴兵衛は河岸に向かった。

船番所の前に来た。

「親方、舟を下りたって聞いたけど、どうするつもりかね」

鶴兵衛が客を乗せたとき、見送った手代だ。

「俺のせいで、亡くなった多くの客に顔向けができなくて」

互いに後ろめたさを持っている。

それだけの挨拶で通り過ぎた。

綿雲が浮かぶ空を見上げた。

上がり荷を積んだ舟が到着した。顔見知りの親方の舟だ。

塩叺を満載している。

親方の腹掛けから法被《はっぴ》までが汗で色を変えている。

「暑い中を、お疲れだったなぁ」

「お、鶴さんじゃねえかい……」

挨拶を交わしても鶴兵衛の起こした事故には触れない。

起きた事故に関し、船頭仲間は触れることを極力避ける。

明日は我が身であることを知っているからだ。

「冬は手足を凍らせ、夏になりゃ体から塩が噴き出す。船頭なんか続けていたら長生きはできっこねえや」

親方はそう言いながら満載の積み荷に視線を向けた。

若い船頭が額の汗を拭いながら言った。

「だけど、身延で親方に奢《おご》ってもらったかき氷が美味かった」

「この暑さに、氷を喰えるなんてえのは贅沢この上なしよ」

親方の言葉はべらんめぇ調だ。

親方と船頭の会話に鶴兵衛は閃《ひらめ》くものを感じた。

四

南川を挟んで背中に大法師山が聳え、正面に妙見堂の社が鎮座する七面山《しちめんさん》が控えている。山間の谷間となるこの地域は、冬場になると想像を絶する寒さに襲われる。吐く息は白く物干し竿に掛かる洗濯物は凍りつく。村人は古くからこの寒さを氷作りに利用するために南川に堰《せき》を設けてきた。流れる水を堰き止めると一晩で一尺以上厚さのある氷ができる。

村人は決めた寸法に鋸《のこ》で切り、自宅の庭に掘った穴の中に塩を混ぜた籾殻で包んで保存する。氷室《ひむろ》だ。

この氷は〝矢島《やじま》氷〟と呼ばれ、夏場を迎えると掘り出し、舟や馬の背中に積んで身延山・久遠寺の参道に軒を並べる旅籠に運ばれる。久遠寺への参拝は長い坂道と急勾配な石段が続く。滴る汗には冷えたものに勝るご馳走はない。

旅籠や参道に軒を並べる茶店が、参拝客に砂糖や蜂蜜をかけたかき氷を振舞う。夏が過ぎると翌年の商売を見越し、旅籠の番頭が鰍沢まで氷の注文に足を運ぶ。氷は売り手市場だ。

船頭や馬方を退いた長老が川を堰き止め凍らせた氷を氷室に保存し、夏場になると身延に向けて搬送していたが、鶴兵衛は見向きもしなかった。舟運こそが天職と考えていたからだ。

当たり前のことで鶴兵衛宅に氷室はない。

鶴兵衛は氷の製造と売買計画をお常に話した。

「氷ねえ。あんたは何かしていないと気が済まない性分なんだから、他人様に迷惑が掛からないことならやってみたらいい」

お常は賛成も反対もしない。

「あたしゃ、塩蔵に行くからね」

舟から下りた亭主の分も稼がなければとお常は休みもとらない。

小揚げに出かけるお常を見送ると、鶴兵衛は納屋から鶴嘴と鍬を持ち出した。隣家との境界に植わる杉の木の横に線を引いた。三尺四方は氷室の入り口で、その線を囲むように引かれた二間四方の線は二間下まで掘り下げたところで広げる地中の空間だ。

「足りなくなったら、また広げればいいか」

自分に言い聞かせながら鶴嘴を地面に突き刺す。

鶴兵衛にとっては新たな門出だ。

掘り出した土は畑の隅に積み上げ、地中深くまで掘り下げる。

通りかかった長老が足を止める。

「鶴さん、何をはじめるつもりで……」

長老は大法師山に沈む夕陽を背に受け煙管に火を点けた。

「氷室ですよ。皆さんの仲間入りをしようと思いやして」

「鶴さんが、氷に商売替えちゅうことで……」

人の心の内は隠しようがない。破船事故を起こし舟を下りた鶴兵衛の意気地のなさを蔑《さげす》む言葉が滲んでいる。

仲間の船頭が尻込みする中、余計な男気を出して多くの命を奪った。それに対する非難も鶴兵衛の耳に聞こえてきた。その声を振り払うように鶴兵衛は鶴嘴を振り下ろす。


二間の深さまで掘り進めた。自分の丈の二倍以上の深さだ。手にできたマメが潰れて血が滲む。それからが大変だ。立った位置から高さ一間、周囲二間四方の横穴を掘る。竹組の梯子を作った。

掘った土は梯子を使って外に運び出す。また掘る。鶴兵衛は土竜《もぐら》のように連日穴蔵に潜った。寸法通りの横穴が完成したところで土崩れを防ぐため壁に丸太を並べる。天井はその丸太を使って横板を通す。計画通りの広さの氷室が仕上がったのは送り盆を終えた一週間後だった。

お常を従え梯子を使って壕に下りた。

中は薄暗い。頭上に顔を向けると灼熱《しゃくねつ》の太陽が燃えている。

松明を灯した。丸太を並べた穴蔵が浮かび上がった。

「あんた、よくここまで……」

そう言って驚嘆の声を出した。

「あれ、外は暑いのに、ここは半袖じゃ寒いくらい」

「これが、氷室というもんよ」

お常が背中を震わせる。

「舟を下りた。次に向かって進まなくちゃしょうがねえだろ」

鶴兵衛は手にした煙管に火を点けた。

「冬になりゃ、この中に氷が満杯になるんだ」

お常は黙って聞いている。

「流れに巻き込まれ死にそこなった俺を見りゃ分かるだろ。人間なんてのは自然の力には勝てねえ。だったら自然を利用してやればいいだけのことだ。川を凍らせ氷を欲しがる者に届けてやるんだ」

鶴兵衛は自分に言い聞かせるように言った。

「あたし、そっちの方が嬉しいな。毎日あんたの安全を願い続けるより、庭先で仕事をしてくれている方がどんなに安心か」

それは亭主を思いやる女房の女心だ。

鶴兵衛は分厚い大福帳を手にして戻った。

「大福帳、そんなものをどこで……」

お常が腑に落ちない顔で訊いた。

「塩問屋の番頭のところで分けてもらったんだ」

「そんなものを持って、どこに行くつもりかえ」

「身延よ。身延の参道沿いに並ぶ旅籠に氷の注文取りに行くんだ。いくら氷を作ったって、買い手がつかなくちゃ無駄骨だろうが」

お常は言い出したら聞かない鶴兵衛の性格を知っている。

鶴兵衛は納屋に仕舞われている腹掛けに股引を引っ張り出した。

畑仕事で使う仕事着だ。藁笠も用意した。

振り分け荷物を肩に藁笠を手に取った。

「それじゃ、まるで無宿人だね」

「それも悪くはねえだろう」

そんな軽口を叩いての出立だ。

「帰りはいつになるのさ」

「注文が取れるまでは帰らねえ」

お常はあきれた顔で見送った。


身延までは西嶋《にしじま》、切石《きりいし》、八日市場《ようかいちば》、下山《しもやま》と船宿が点在する。

二十年間舟運に従事していた鶴兵衛には、宿場ごとに馴染みの船宿がある。注文取りに手間取っても、船頭たちと同じで米さえ持ち込めば木賃宿は飯炊き婆さんが飯を炊いてくれる。宿代は竈で燃やす薪代の四文で事足りる。

鶴兵衛は駿州往還道を南下して身延山の寺町を目指した。

四十一歳を目の前にしていたが鶴兵衛は健脚だ。

片道八里の道のりも三刻あれば十分だ。

富士川と早川が合流する屛風岩は、鶴兵衛が破船事故を起こした現場だ。早川から流れ込む激流が屛風岩に当たって砕ける。立ち上がる飛沫を見ていると与吉の笑顔が浮かんだ。

与吉は生きている。そう信じようとする美沙の健気さが鶴兵衛の胸を刺した。


その夜は身延の船宿に宿を取った。

朝餉を摂って宿を出ると大福帳を手に旅籠の前に立つ。

「物売りは、勝手口に回ってくれなくちゃ」

玄関で打ち水をしている男が顎で勝手口を指した。

格子戸を開けるとおかみは板前と向き合っていた。

鶴兵衛は氷売りである自分を名乗った。

氷は一塊を四貫の大きさで切り出す。

それは出立前の長老に聞いていた。

「一年後のことは分からないけど、確実に届くんなら一度に届いても困るから四、五回に分けてもらえるんなら」

文月（七月）の第二週から届けてほしいとの注文を貰った。

参道には久遠寺を目指す参拝客がひっきりなしだ。

鶴兵衛は門前町の始まりから参道沿いに並ぶ旅籠、一膳飯屋、水茶屋と軒並み頭を下げて回った。

「そりゃ有難い。暑いこの時期、欲しくても手に入らねえ氷が、黙っていても届くんなら注文させてもらうよ」

それまでは氷を届けてくれた運び人に、翌年の注文を出していた旅籠のおかみも、注文取りに歩く鶴兵衛には愛想がいい。

大福帳に注文が書き記されていく。鶴兵衛の足取りも軽い。

鶴兵衛の注文取りは二日で終えた。

注文数を数えると村全体の氷室では足りない。

鶴兵衛は自宅から四軒先にある村長の家に足を運んだ。

村長は、始祖の代から村の繁栄を考え、先頭に立って身延に氷を送り出している人物だ。

村長は鶴兵衛が開いた大福帳の書き込みに見入っている。

瞬きを繰り返しながら注文の数を数える。

「こんなに買い手が……」

「へい、夏場まで溶けない氷を持ち堪えていればの話で……」

村長の決断は早かった。

翌日には船頭宅にも馬方宅にも集まりの号令が掛かった。

「鶴兵衛の取ってきた注文に応えるには、村を挙げて氷室の穴掘りをはじめなくちゃ間に合わねえ」

村長が熱を込めて説明する。

燭台の明かりが村人の双眸に燃え盛る。

「そんなに氷が売れるんなら、掘らねえ手はねえ」

馬方も船頭も声をひとつにした。

翌日から、村長宅に集まった衆の家の庭で穴掘りがはじまった。

既存の氷室を広げる者。新たに氷室を掘りはじめる者。

船頭は上がり荷を下ろし、再び岩淵を目指すまでの空いた時間に鶴嘴を握った。信州まで塩俵の運搬をする馬方も、荷駄を積んで戻ると庭に穴を掘った。入町は氷室造りで沸き返った。

小寒が過ぎると鰍沢の寒さは一段と厳しさを増す。
南川を上流から三か所に堰を造り朝を待つ。
起きると硬く凍った氷が川面を埋め尽くしている。
氷は四貫の大きさに切り刻まれ、各自の氷室に運ばれる。
運ばれた氷は塩を混ぜた籾殻で包んで積み込まれる。
梅雨明けを待って氷を氷室から出す。
朝荷は馬の背に、昼過ぎの荷は舟運に乗せられる。
鶴兵衛は抜かりがない。梅雨に入ると身延に向かった。
注文先に氷室の状況と氷の保存量を伝える。注文の確認もする。
この注文書に夏場の四回に分けて運ぶ日付まで確認を取る。
その夏は強烈な日照りが続いた。
矢島氷は滞りなく注文主の元に届けられる。

鶴兵衛の頭は来年の注文取りに飛んでいた。

大福帳を手に旅籠から茶屋まで満遍なく歩いた。

久遠寺に上がる石段の手前。松井坊が目の前に見える茶屋。

「おかみさん、空いてるかい」

大漁旗を持った四人の男衆が入ってきた。

商売の邪魔をしてはいけない。鶴兵衛は店から外に出た。

四人がおかみの案内で向かいの壁際に通された。

その中の一人、眉毛の濃い丸顔に見覚えがあった。

鶴兵衛は目を見開いた。そんなはずはない。

そのとき声がした。

「おかみ、銚子を四本だ」

その男が注文を出した。声も似ている。

行方不明になったままの与吉ではないか。

「与吉……」

咄嗟に声が出た。

男が鶴兵衛を見た。それから立ち上がった。

「親方……」

その声で確信に変わった。男は与吉だ。

与吉は席を立つと鶴兵衛の前に走り寄った。

「親方……。何の連絡も入れず……」

そう言って首を垂れた。鶴兵衛は言葉が出なかった。

「生きていたんだな……」

「へい……」

「どうして戻らなかったんだ」

与吉は俯いたまま首を上げない。

「戻れねえ、理由《わけ》がありやして……」

「何だ、その理由ってのは」

与吉は唇を噛みしめている。それから背中に聳える富士山の頂に視線を移した。

「鰍沢の博打場で、借金を重ねちまって……」

身延から馬に乗って鰍沢の船番所に着いたとき、博打場の代貸しが待ち構えていたのを思い出した。

「あいつに、祭りの着物を買ってやろうと思いやして」

鶴兵衛は黙って聞いた。

「なかなか目がでなくて……。無理は承知で勝負を繰り返しているうちに取り返しのつかねえ額になっちまいやした」

「どれくらいだ」

「七両ほど……」

高瀬舟が一艘買える額だ。

これからは与吉の話だ。

河原に打ち上げられた。意識を戻した。考えた。迷った。

与吉は清水湊に出た。由比の漁師から舟に乗る話を勧められた。

与吉は誘われるまま漁師となった。この日は漁師仲間と久遠寺に海の安全と大漁を祈願しての帰りだった。

「美沙さんは、今だって、お前が帰ってくることを信じて家を守ってるんだぞ」

鶴兵衛は事故後の美沙とお常の日常を話した。

「あいつが、今でも俺を待っている」

「そうだ。訳を話すんだ。美沙さんならきっと分かってくれる。代貸しのところには俺も一緒に行く。誠意をもって詫びるんだ」

与吉の目に大粒の涙が溢れた。


鶴兵衛は水難事故を起こした後に舟を下りたことを話した。

「もう一度、俺のために働いてくれる気はねえか」

「え、俺がですか……」

「鰍沢に戻って、美沙さんと一緒にやり直すんだ」

「こんな俺でも……、いいんですか」

「そりゃ、お前の気持ち次第よ」

夏場になると参拝客の多い身延で氷が売れる。そこに目を付けて氷の注文を取りに歩いてみると、思いのほか注文が取れた。

大急ぎで去年の夏から冬にかけて独りで氷室を掘った。

「これは今日一日歩いて取った、来年の夏の氷の注文よ」

そう言って注文が書き込まれた大福帳を広げた。

「氷室を増やさなくちゃ、とてもじゃねえが、この注文に応えることができねえんだ」

「親方は船頭から氷売りに」

「そうだ」

「今年はようやく間に合ったが、来年はこれじゃ足りそうもねえ。お前が力を貸してくれるんなら、間に合うかもしれねえ」

「親方と一緒に穴を掘る」

「嫌か……」

与吉は店の中で酒を呷る仲間を見た。

それから鶴兵衛の双眸を正面から見た。

「お願いします、手伝わせてくだせえ」


鶴兵衛と一緒に戻った与吉は、その足で美沙の待つ家に帰った。

明かりの点いた格子戸を開けると囲炉裏を囲んで美沙とお常が夕餉を摂っていた。小麦粉を固め味噌汁に落としたすいとんだ。

与吉の姿に美沙が箸を落とした。

「与吉さん……、与吉さんでしょ」

二歩三歩確かめるように前に出た。それから抱きついた。

「やっぱり生きていてくれたんだね」

与吉に代わって鶴兵衛がこれまでの経緯を説明した。

「あたしに、お祭り用の着物を……」

与吉は美沙の顔から視線を外さない。

「金輪際、俺は博打から足を洗う。信じてくれ」

「あたし、あんたを信じていたんだから」

鶴兵衛はお常に目配せした。

「そうだね、あたしたちゃ、これで」

鶴兵衛とお常は外に出た。上弦の月が夜空に浮かんでいた。


氷の量産を目指し、鶴兵衛と与吉の二人は妙見堂橋の近くにある鶴兵衛の畑に、氷室のための穴掘りをはじめたのはそれから五日後だった。

「土を相手ってのは、上がり荷の舟を引き揚げるより力と根気が要りますね」

与吉が額の汗を拭いながら鶴兵衛の顔を見た。

「背丈が埋まるまで掘り進むと、土の匂いがしてくるんだ」

「え、土に匂いがあるんですか」

「あるさ。そりゃ掘り進んでからのお楽しみよ」

五

明治二年（一八六九）一月、松の内が明けた。

辺りは粉雪が一尺ほど積もり、物干し竿に下げた洗濯物はカチンカチンに凍り付いている。氷の切り出しがはじまる日だ。

「氷の出来はどうだい、平年並みかな」

鋸を手にした長老たちは、硬く凍った氷の上に足を下ろして出来具合を確認する。

村長が手に墨壺《すみつぼ》を持っている。墨壺は大工が建材を刻む際、切り口に狂いが生じないよう墨のついた糸で直線を打つのに使う道具だ。墨壺の墨は、竈に付着した煤を集めて水で捏《こ》ねたものだ。

墨壺の中には巻き上げ式の細い紐が墨に漬けられている。

古くから使われているもので、氷を直線に切るための道具だ。

一面に凍結した氷に墨が打たれる。大きさは縦二尺横一尺だ。

「売り物なんだから真っすぐだぞ。曲がってたら見栄えがしねえからな」

村長の声が響く。鋸が墨の線に沿って氷を切り裂く。長方形に切られた氷は大八車に載せられ氷室に運ばれる。凍てつく寒さの中での作業だ。鶴兵衛の額に汗が浮かんでいる。与吉も半纏の袖で汗を拭う。

十日目の切り出しを終えたときだ。妙見堂橋の袂に見知らぬ男が立っていた。髪を後ろで結った巨《おお》きな体軀の男だ。股引に脚絆を着け、後ろが細長く切れた打裂《ぶっさ》きの外套を着ている。

男は先頭に立つ鶴兵衛の前に進み出た。

「あっしは蝦夷島箱館《えぞがしまはこだて》の者で、氷を商う中川嘉兵衛《なかがわかへえ》と申しやす」

右手で饅頭笠を後ろに回し、膝に手をあてて頭を下げた。

太くて低い声だ。

「蝦夷島の箱館……」

「へい、箱館から江戸に氷を運んで日本橋、神田《かんだ》の商人相手に商いをしている者でして。この辺りで、氷を切り出しているてえなことを聞いたもんですから」

嘉兵衛は箱館で天然氷事業を起こし、江戸に船で氷を運ぶ氷商人だった。江戸の米問屋が立ち並ぶ蔵前《くらまえ》で、鰍沢から運ばれる御廻米を取り仕切る商家の旦那衆から、矢島氷の存在を知らされた。

箱館から太平洋を船で運ぶ氷は五日から六日の行程を要する。蝦夷島より距離的に近い鰍沢の氷を持ち込めば商売になる。

そんな胸算用から駆け付けたというわけだ。

嘉兵衛が鰍沢まで足を延ばした理由は他にもあった。

商売ついでに横浜《よこはま》に足を延ばした。横浜はペリー来航以来、多くの外国人が居住し、外国人が持ち込んだ舶来品や西洋文化の情報から、町は文明開化で沸き立っていた。

湊に近い馬車道《ばしゃみち》で一人の男に出会った。

町田房蔵《まちだふさぞう》だ。房蔵は旗本の出身で居宅は江戸・赤坂氷川《あかさかひかわ》町にあった。幕末に江戸城の無血開城に奔走した勝海舟《かつかいしゅう》邸の斜向かいである。

勝は日米修好通商条約の批准書交換のため万延《まんえん》元年（一八六〇）幕府の使節団として咸《かん》

臨丸《りんまる》で渡米した。房蔵は勝の口添えもあり使節団に加わることができた。

アメリカに渡ると、好奇心旺盛な房蔵は使節団と別行動で街を歩きまわった。見るもの聞くものが珍しかった。マッチや石鹸を作る知識を見聞して会得《えとく》した。街頭で冷たくて口触りのいい喰い物を口にした。アイスクリンだった。

房蔵は面白そうなものは何でも吸収した。店内に入って作り方を見た。

アイスクリンを作るのは、手先の器用な房蔵にとって難しいことではなかった。牛乳と卵を混ぜ砂糖を入れた容器の周辺を塩と氷で冷やしながら攪拌《かくはん》する。それが冷えて固まったら出来上がりだ。

「日本に戻って、外国人相手に売り出せば商売になる」

房蔵は一攫千金を夢見て帰国の船に乗り込んだ。


横浜には外国人居留地がある。

帰国した房蔵はさっそく横浜に足を運んだ。

その傍ら、夏場に日本で使われている氷の入手経路を調べた。

氷の仕入れ先は、アメリカのボストンや中国の天津で積み出される物が主流であることを知った。これだと輸送の時間が掛かり到着までに半分以上が溶けてしまう。しかも高価で商売にはならない。

氷の入手に頭を痛めていたところに嘉兵衛が顔を出した。

「甲州の鰍沢で矢島氷と呼ばれる氷が作られているようで。氷室に入れて夏になると身延に運ばれ、久遠寺の参道でかき氷として売れているそうな。そこの氷を使ってみたらどうです」

甲州に氷がある。房蔵にとっては願ったり叶ったりの話だ。

「江戸に運ばれる御廻米の船に載せて運べば、日数もかからず安価で手に入るはず」

そこまで聞いた房蔵は即決した。

「その話、乗った。あんたに任せる。手筈《てはず》を整えてくれるんなら、是非使ってみてえ」

嘉兵衛が入町に顔を出したのはそんな経緯からだった。


「ということだ。皆の衆、どうするべ」

嘉兵衛を前に、村長が仲間に問いかけた。

額が上がり腰の曲がった男が一歩前に出た。

「ということは、年間を通じて氷が必要になると……」

嘉兵衛に問うた。

「そういうことになる」

「冬を待てば氷は黙っていても凍る。それが儲けになるっちゅうなら断る手はねえずら」

その言葉は村の衆の気持ちを代弁している。

「俺たちの作る氷が横浜でアイスクリンとやらを作る役に立って、それが異人さんの口に入る。こんなに面白いことはねえやな」

嘉兵衛の説明に歯が半分欠けた長老が顔を崩している。

御廻米は舟運で岩淵まで運ばれる。岩淵から蒲原までは馬の背に載せ清水湊まで艀《はしけ》で運ぶ。そこで菱垣《ひがき》廻船に積み替え東京に向かう。この船に載せられた氷を途中の横浜で下ろす。


嘉兵衛が再び顔を見せたのは、梅雨が明け灼熱の太陽が照りつける夕暮れだった。

「おかげさまで、横浜の馬車道でアイスクリンの店が開店しましたぜ。珍しさも手伝って人は集まるが、なんたって一杯二分（約五万円）と値段が張るもんだから、日本人にはなかなか手が出ねえが、それはそれとして異人さんには大人気で」

房蔵は商売の手応えを感じた。年間を通しての氷の供給が可能なものなのか。嘉兵衛が入町の力強い返事を伝えたことが繁盛の原動力となった。

「アイスクリンというものはどんな味がするもので……」

嘉兵衛の説明はこうだ。

「甘くて冷たくて、口に入ると溶けてしまう、ってえもので」

村長も鶴兵衛も、嘉兵衛の口の動きを見逃がさない。

どんな味わいがあるものなのか勝手に想像している。

「一回、横浜に来て味見をしてみたらいかがで。鰍沢の客人と知れば、房蔵さんだって喜んで馳走してくれるはず」

村長の顔が笑み崩れた。

「俺たちゃ鰍沢から岩淵の間しか知らねえ。みんなで横浜に遊びがてら行ってみるのも悪かぁねえな」

そう言って鶴兵衛が与吉の顔に視線を流した。

「横浜だってよ、どうする」

額の禿げ上がった長老が口をはさんだ。

「それもいいですが、その前にやることが。氷がこれ以上売れるとなりゃ、氷室をもっと増やさなくちゃ」

与吉は鶴嘴で膨らんだ両手のマメを見た。

「土の匂いも知っただろうし、異人さんの町に行ってみるのも悪くはねえだろうが」

「横浜ですか、悪かぁねえですね」

与吉の顔が夕暮れの光に照らされて弾けた。

この本を執筆するにあたりお世話になりました方々に厚くお礼申し上げます。

富士川町郷土史家・保坂実様
富士川町生涯教育課・望月大輔様

高部務拝

この作品はフィクションであり、実在の人物・団体・事件とは一切関係ありません。

本作品は書下ろしです。

高部 務（たかべ・つとむ）

1950年、山梨県生まれ。新聞記者、雑誌記者などを経て、フリーのジャーナリストに。新聞や雑誌で執筆を続ける傍ら、『大リーグを制した男　野茂英雄』（ラインブックス刊）『新宿物語』『新宿物語'70』（ともに光文社刊）『清水サッカー物語』（静岡新聞社刊）『スキャンダル』（小学館刊）『馬鹿な奴ら・ベトナム戦争と新宿』（鹿砦社刊）などのノンフィクション作品を数多く手がける。「海豚」で第25回伊豆文学賞最優秀賞を受賞。

富士川六景《ふじかわろっけい》　幕末明治舟運《ばくまつめいじしゅううん》ものがたり

2024年11月30日　初版1刷発行

著　者　高部《たかべ》 務《つとむ》
発行者　三宅貴久
発行所　株式会社 光文社
〒112-8011　東京都文京区音羽1-16-6
電話　編　集　部　03-5395-8254
書籍販売部　03-5395-8116
制　作　部　03-5395-8125
URL　光　文　社　https://www.kobunsha.com/

組　版　萩原印刷
印刷所　新藤慶昌堂
製本所　ナショナル製本

ISBN978-4-334-10472-6